dear+ novel
daitekuretemoiinoni

抱いてくれてもいいのに

渡海奈穂

新書館ディアプラス文庫

抱いてくれてもいいのに

contents

illustration：山田ノノノ

抱いてくれても
いいのに
DAITE KURETEMO IINONI

1

予想していたよりもはるかに広く、洒脱な雰囲気のマンションだったので、奏汰は素直に感心した。

広めの２ＬＤＫ、たっぷりの収納に大きなベランダ、陽当たりは良好、オール電化。単身者の二十七歳男性が暮らすには、充分すぎるほど充分な住処だろう。奏汰にとってはあまりに分不相応に感じられるほどだ。なにしろ奏汰の方はつい先月まで、母子ふたりで１ＤＫのアパートで暮らしていたのだから。

父方の従兄である恵次から、自分の海外出張の間、留守番代わりにマンションに住まないかと言われたのは、ほんの三日前のことだった。

奏汰にしてみれば天の配剤のようにすら感じられた。なぜなら大学を出て就職が決まったと同時に母の再婚も決まり、急に家を出なければならなくなったからだ。

母からも再婚相手からも、当分は再婚相手の家で暮らして、仕事に慣れたら独り立ちしてはどうかと言われたが、いかんせん向こうには中学生の義妹がいる。血の繋がりのない思春期の女子とひとつ屋根の下というのは外聞がよくないし、お互い気まずいばかりだろう。

高校生の頃から明け暮れていたアルバイト代は、すべて大学の学費や家に入れる生活費で消えて、貯金もない。母と暮らしていたアパート以上に狭くて安いアパートはなかなかみつからなかった。

だから、置いていく家具や生活用品のすべてを自由に使っていいとまで言われた従兄の部屋の留守番は、信じがたい僥倖としか言いようがなかった。

「うーん、ここまで整ってると、好きにしていいって言われても気が引けるなあ……」

奏汰は一人苦笑する。七十インチはありそうなテレビに、観葉植物、飾り棚に間接照明。サーキュレーターのある天井は高く広々しているのに、どうも、落ち着かない。

ひととおり見て回って、奏汰はソファで寝起きすることを決めた。ダブルベッドの置かれた広い寝室はあったが、従兄のプライベートな場所だと思うと使う気が起きなかった。ほとんど何も置かれていない書斎も、広すぎて持て余しそうだ。

これで家賃不要、さすがに光熱費だけは使った分を支払うと奏汰から申し出たが、好条件すぎてクラクラする。テレビでしか観たことのない高級ホテルのようで、ついつい「母さんも連れてきてやりたかったな」などと馬鹿なことを考えた。母は母で、再婚相手の持ち家である立派な一軒家の主婦となり、もう家計のためにパートを掛け持ちする必要もなく、新しい家族と幸福に暮らしているはずだ。

自分だって、安普請のアパートで足音を気にして息を潜めるような生活とは、ひとまず縁が切れたのだ——と思うと、奏汰は急に身も心も軽くなった気がする。

（母さんのことは大切だし、好きだけど、やっぱりろくな仕切りもない家で暮らすっていうのは、お互い時々は気詰まりだったよな）

それを不満に思ったことはなかったつもりだが、今の解放感からすれば、無意識にプレッシャーを感じてはいたのだろう。お互いが気遣い合っていたから、余計に。

「よし、せっかくの一人暮らしだ。自由にやるぞ！」

奏汰はわざわざ決意を口にして、一人で拳を握り締めたりなどしてから、ひとまず少なすぎる荷物を解きに掛かった。

就職先での仕事はすでに始まっていた。四月を待たず、研修という名目で職場に出ていたが、ようやく入社式を終え、給料含めて正式な雇用となった。
奏汰が選んだのはアパレル系の販売、接客だ。
奏汰自身が好きな、シンプルなデザインと素材にこだわったブランドで、社員価格で新作を買えるのが何より楽しみだった。素材にこだわる分、それなりに値が張るので、就職するまではアルバイト代を貯めて、年に一度、セールの時に思い切って一品、買うようにしていた。
ショップも落ち着いた雰囲気で、客層も上品だ。今のところ、客とのトラブルもなく、クレームをもらったこともなく、順調に一週間ほどが過ぎていた。

　そう、少なくとも、客とのトラブルは、ない。

「秋山（あきやま）君、新人とはいえ、もーうちょっと接客、頑張ろうか？」

　バックヤードで商品を取り出すために段ボール箱を開けていたら、店長からにこやかに叱責（しっせき）された。

「まあ下田（しもだ）君ほどとまでは言わないけど、せめて半分くらいはね。最初は恥ずかしいだろうけど、研修でも充分やったろ？　自分から、積極的に声をかけないと」

　奏汰よりひとまわりほど年上の店長は、振り返った奏汰の肩をバンバン叩き、苦笑いを浮かべた顔をぐいっと近づけてきた。

「ほら、がんばろ！」

「はい、頑張ります」

　他に答えられる言葉がなく、奏汰は神妙（しんみょう）に頷いてみせた。店長は満足したように、今度は奏汰の背中を力強く叩いて、バックヤードを出ていった。

（このブランドの店長にしては、体育会系だよな……）

　店長はやり手らしく、全国に何ヵ所かあるショップの主要なところで、劇的な売り上げを作った人だという。このショップに配属されたのは奏汰と同じく先月からだが、当然販売の経験は段違いだ。

（でも俺だったら、買いたいものはゆっくり見る時間がほしい）

実際に購入できるのはセールの時だけだったが、新作が出ればチェックしたかったし、しかし衝動買い出来るような金銭も持っていないから気が引けて、学生時代の奏汰はこの店に限らず店員に声をかけられることが苦手だった。

声をかけることで、迷っている客の背中を押せることもわかっているから、しばらく様子を見て、たとえば「このアウターに合わせるインナーを選んでほしい」とか、「流行っているのはどれだろう」とか、店員に用事がありそうな気配を察したら、すばやく客に近づくようにしていた。

研修でも、「強引な販売は逆効果な時がある」と指導されていたので、やり方としては間違っていないと思う。

実際、奏汰が声をかけた客が、手に取った商品、奏汰の選んだ商品を購入してくれることだって何度もある。

しかし。

「秋山くーん、ここはいいから、ちょっと物流に問い合わせしてくれない？　今日便がまだ来なくてさあ」

「あー……、はい」

バックヤードに今度姿を見せたのは、先輩スタッフの下田だった。奏汰より歳はひとつだけ上だが、服飾の専門学校出身で、すでに三年目のベテランだ。店長より長くこの店にいる。

奏汰が段ボールから引っ張り出したのは、レジで待たせている客のための商品だった。試着して気に入ったシャツの、未開封のものが今朝届いたことを覚えていたので、それを取りにバックヤードに入ったのだが。

「これ、やっとくからさ」

下田は奏汰の手から、そのシャツを取り上げ、さっさとバックヤードを出て行く。下田はきっと、いや間違いなく、自分の売り上げとしてこのシャツをレジに打ち込む。新品のシャツは当然ながら値下げもされておらず、同じく新商品ばかりを手に取った客の支払いは、なかなかの金額になるはずだ。

最初は気のせいかと思ったが、下田は実にタイミングよく、奏汰の売り上げが上がりそうな時を見計らって、用事を言いつけてくる。

ひどい時は、奏汰の接客中に口を挟み、自分の選んだ値の張る品を客に押しつけた挙句(あげく)、すべてを自分の売り上げにしてしまう。

(新人から掠(かす)め取るような真似をしなくても、下田さんはセンスがいいんだし、固定のお客さんも持ってるんだから、売り上げトップは変わらないだろうになあ)

ほとんど売り場には出ない店長含め、ショップのスタッフは六人。下田が奏汰だけに狙いを付けているのか、他の人と一緒のシフトの時もこんなことをやっているのかはわからないが、店長が下田のやり方に気づいていないことだけはたしかだ。

（個人売り上げで給料が決まるわけじゃないし、まあ、いいか）

気持ちのいい行為とは言えなかったが、奏汰は気にしないようにした。スタッフ個人の売り上げは賞与の査定や出世に響くとしても、基本給が減ることもない。好意的に見れば、まだ不慣れな新人をサポートしてくれている――とは到底思えないものの、たとえ奏汰が店長に今訴えたところで、そう言って流されてしまう気がする。

仕事に慣れれば、客を横から攫われる隙を作らないこともできるだろう。今は実際のところ仕事に不慣れだし、覚えることを覚える方に自分のリソースを割きたい。

「よし、がんばろ」

自分に言い聞かせるように、改めて口に出して言うと、奏汰は下田に言われた仕事をするためその場を離れた。

従兄のマンションで暮らし始めて四日ほど経ったが、仕事で気疲れして、それ以上に体も疲れ切って帰った時、一人だというのは本当に気楽だった。
寂しくはあるが、もし母親のいるアパートに戻ったとしたら、自分の性格上、心配をかけま

いと元気に振る舞おうとして、より疲れたに違いない。

「とにかくメシ、あと風呂……」

そのままソファに倒れ込んで朝まで眠ってしまいたかったが、食事を抜くわけにはいかない。どんな時でもしっかり食事だけは取るのが、秋山家の家訓だ。そしてしっかり湯に浸かる。どんなに忙しくても、水道代と光熱費が惜しくても、毎日湯槽を使って今日の疲れを今日のうちに取るべし。

タイマーで炊いておいた白飯に、母が持たせてくれた常備菜、インスタントの味噌汁で夕食を取る。シフトは早番、遅番、フル番と定まっていなかったので、毎食きちんと自炊することははなから諦めていた。作り置きの常備菜か、スーパーのおつとめ品か、簡単で手早く作れる時短料理か。

（いつまで続くやら……）

奏汰はさほど料理が得意ではなかった。子供の頃から母親と交代で料理当番をやってきたのに、未だに要領が摑めず、応用力もなく、決まった料理を数品作ることしかできない。端的に言ってセンスがないのだと思う。単なる肉野菜炒めですら、水っぽく、深みのない味に仕上がってしまう。

お米だけは自分で炊くこと、という母からの厳しいお達しがなければ、毎日コンビニエンスストアの弁当ですませたいのが本音だ。

今のところは母親が大量に作ってくれた料理が、従兄の一人暮らしにしては大きすぎる冷蔵庫の中にぎゅうぎゅうに詰められているが、これが消費されたあとは弁当生活まっしぐらな気がする。少なくとも仕事に慣れるまでは。

テレビを観ながら食事を終え、母親に感謝して空の惣菜皿に手を合わせてから、風呂に入る。疲れ過ぎていて、あやうく湯槽で寝落ちそうになった。

そのまま溺死体(できしたい)にならずにすんだのは、インターホンの呼び出し音が鳴ったからだ。音に驚いて目を覚まし、次に「こんな時間に誰だ?」と怪訝(けげん)な気分になる。ショップの閉店は八時、閉店作業をして店を出たのが八時半過ぎ、家に着いたのが九時、食事をして風呂に入った時には十時を過ぎていたはずだ。

こんな時間にお届けものや宗教の勧誘もないだろう。間違いか悪戯(いたずら)か。

無視しようと決めたのも束(つか)の間(ま)、再びチャイムが鳴った。しかも、少し時間を置いて繰り返し繰り返し、止(や)むことがない。従兄のマンションはオートロックで、部屋のチャイムを鳴らすには、エントランスで部屋番号を押してから呼び出しボタンを押さなければならない。とすれば、相手は意図を持って、何度もこの一二〇二号室を呼び出している。

(恵次兄さんの友達か何かか……?)

従兄の出張は突然決まったと言っていた。彼が長期的にこのマンションを離れていることを知らない者が、気軽に遊びに来たとか?

（いや、こんな時間に気軽に遊びに来るような相手が、恵次兄さんの不在を知らないわけがない）

そう思って、やはり無視しようと決めたのに、チャイムが止まずに段々不安になってくる。

仕方なく、奏汰は風呂を出ると、ざっと体を拭いてタオルを腰に巻き、リビングのインターホンに向かった。と同時に再びチャイムが鳴って、インターホンのモニタにエントランスにいる客人の姿が映し出される。

映っていたのは、スーツを着た若い男だった。従兄と同じく二十代半ばほどに見える。やはり友人か知人なのか。

（まあ違ってても、ロック解除しなければいいか）

そう思って、奏汰はインターホンの応答ボタンを押した。奏汰の元実家と違って、鍵を持っていなければ、住人がロックを解除しない限りエントランスから中へ入れないし、エレベーターも動かない。

「はい、どちら様ですか」

『何だぁ、やっぱりいるんじゃないのー』

にこやかに、男が言う。口調も親しげだった。

「ええと、どちら様でしょう？」

『またまたとぼけちゃって。久々に電気ついてるんだもん、やっとおうちに戻ってきたんでしょ、秋山さーん。中、入れてよー』

秋山、と名前を口にした。男が従兄の知り合いであることには間違いないようだ。連絡が行き違って、長期出張のことを知らないらしい。

「すみません、恵次は今不在なんです。自分は留守番の者で……」

『あ？』

奏汰の言葉を聞いた途端、相手の眼光が、唐突に鋭くなった。モニター越しだというのに、奏汰はつい身を引いてしまう。

『てめぇ、ふざけたことぬかしてんじゃねぇぞ。いいから開けろ、今日こそてめぇの不始末の落とし前、つけさせてやるからな！』

愛想（あいそ）のいい笑みはすでに男の顔から剝（は）がれ落ち、口調も言葉遣いもあきらかにこちらを威嚇（いかく）するようなものへと、豹変（ひょうへん）している。

『今すぐここ開けねえと――』

奏汰は男の言葉を最後まで聞かず、反射的に、インターホンを切ってしまった。

すぐにまたチャイムが鳴るが、二度と出る気は起きず、ひたすら無視を決め込むことにする。

（絶対、ろくなことにならないぞ、これ）

事情はさっぱりわからないが、相手はどうやら堅気（かたぎ）ではない。従兄は何かトラブルに巻きこまれているらしい。

奏汰はしつこく鳴り続けるチャイムを聞きながら、携帯電話を手に取った。従兄の番号にかけるが、呼び出し音が鳴り続けるだけで繋がらない。文字メッセージを入れてみたが、こちらも反応がない。時差で寝ているのか仕事中か、あるいは無視されているのか。

少し迷ってから、今度は別の番号にかけ直す。こちらは数回のコールですぐに相手が出た。

『はい、秋山でございます』

「夜分遅くに申し訳ありません。奏汰です」

『――はい？』

愛想良く出た中年女性の声が、奏汰が名乗った途端、険のある響きになった。

『あなたね、こんな時間に非常識じゃない？　まあ、あなたたち母子に常識がないなんて、今に始まったことじゃないけど』

「すみません、恵次兄さんと連絡を取りたいんですけど」

迷惑さを隠そうともしない父の姉、要するに従兄の母親の嫌味はすでに挨拶のようなものだったので、奏汰が気にせず訊ねると、もう一度『は⁉』と尖りきった声が返ってくる。

『恵次はあなたに用なんてありませんよ。あなたの家とは宗也が死んだ時にもう縁が切れたと思いなさいって言ったでしょう、まったく』

ブツリと電話が切れる。奏汰は思わず天井を仰いだ。

父の親兄弟は、バツイチ子持ちで他に身寄りのない、父よりひとまわり年下の母を快く思っておらず、父が生きていた頃こそ最低限の親戚付き合いはあったが、今ではこんな対応だ。奏汰は母の連れ子なので秋山の家とは血が繋がっていない。赤の他人以下の扱いでも、まあ、仕方ないかなとは思っているのだが、それはいいとして。

(兄さん、俺がここで留守番してること、やっぱり伯母さんに言ってないのか)

奏汰を嫌っている伯母がそれを知れば、うるさく文句を言うのが目に見えている。従兄に連絡を取ってもらうのは無理そうだ。どうもただごとではなさそうなので、早めに状況を説明してほしかったのだが。

奏汰は仕方なく、改めて連絡を寄越すよう従兄にメッセージを残し、見晴らしのいい大きな窓のブラインドをきっちり閉めた。十二階なので、登ってこられる心配などはないだろうが。

それから三十分以上チャイムは鳴り続け、奏汰は布団に潜(もぐ)り込みイヤホンで音楽を聴いてやり過ごしたが、何だか落ち着かず、静かになった後もなかなか寝つけなかった。

2

相手はこちらの顔を知らないだろうが、待ち伏せをされているかもしれないと思うと、朝になって仕事に向かうためマンションを出る時は、少し緊張した。

幸い、エントランス前にもマンションの周辺にも、昨日の男の姿はなかった。

恵次からの連絡もなく、ゆうべのあれは一体何だったのだろうと、奏汰は首を捻る。

仕事帰りは朝よりもさらに警戒していたが、誰かに呼び止められることもなく無事部屋に帰れたし、再びしつこくチャイムが鳴らされることもない。

(何か、行き違いがあったのか……?)

相手は直接恵次と連絡が取れたのかもしれない。あの執拗さからいって、下手をすればこれから毎晩チャイムを鳴らされ続けるのではと不安になっていたが、その心配はないのだろうか。

数日はマンションの出入りを慎重に行っていたものの、結局その後もあの男が現れることはなく、一週間も経てば、奏汰はすっかり警戒心を解いた。

相変わらず恵次からは何も言ってこない。行き違いがあって解決したのであれば、というかそもそも連絡をくれと言っているのだから、メッセージのひとつくらい寄越せばいいのに。

(まあ、あの人が俺に対してそんな気を回すわけないか)

何にせよ、落ち着いて過ごせるようになったのだから、こちらから重ねて事情を説明しろと責める必要もない。奏汰は緊張を解いて、再び恵次の部屋で優雅に留守番生活を送るようになった。

優雅に、と言っても設備が高級であるところ以外は、慎ましやかなものだったが。白飯だけは炊くようにという母の言いつけは辛うじて守り、そろそろ底が尽きそうな常備菜の切り干し大根とインスタント味噌汁で夕食を食べる。

その途中、玄関で物音がした。鍵の開く音、ドアの開く音。

「え？」

振り返るが、奏汰の元実家と違ってダイニングと玄関が直結していたりしない。奏汰は立ち上がり、リビングから廊下に続くドアを開けた。

「――恵次兄さん？」

他に、オートロックのこの部屋の玄関に入ってこられる人間が思いつかない。だから恵次の名を呼びながら玄関に向かったが、そこにいたのは従兄ではなかった。

「おう。何だ、本当に秋山じゃなかったのか」

「え……どちら様ですか」

見たところ、三十代後半か、もう少し上か。スーツにスラックス姿だがネクタイはせず、シャツの上ボタンはラフに開かれている。少し長めの髪は手櫛で整えただけのようにいい加減にボサついており、不精髭と相まってだらしなくは見えるのに、顔立ちが厳つく整っているせいなのか、不潔さというよりは油断ならない野性味のようなものを感じさせる。

どう見ても、兄の同僚や上司やお坊ちゃん大学の同窓生には見えない。親戚にこんな男がいた覚えもない。

「人に名前を聞く時は、先に名乗るもんじゃねえの？」

ここはそもそも従兄の家で、奏汰は正式に留守番役を命じられていて、そもそも不審な客が相手だからこそ「どちら様ですか」と訊ねたつもりだったのだが。

「秋山です」

若干の反撥と、盛大な警戒心を持って、奏汰は怪しい男に向け苗字だけを名乗った。男は三和土で当然のようにブーツを脱ごうとしている。

男が壁についた片方の指には、奏汰が預かったものと同じ形状の電子錠がぶら下がっている。

「駄目だよ、オートロックだって、ドアロック使わなくちゃ」

そういえばオートロックを過信して、内側からロックをかけることを忘れていた。実家住まいの頃は、不規則な夜勤の多かった母のために、チェーンをかける習慣もなかったのだ。

「困ります、勝手に上がられたら」

従兄とこの男がどんな関係かはわからないが、鍵を預かっているということは、それなりに親しいのかもしれない。

しかし従兄からは「おまえは自由に部屋を使っていいけど、勝手に人を家に上げるなよ」と言われている。

「俺は恵次の従弟です。留守を任されているので、どこのどなたか存じ上げない人を部屋に入れられません」

「門原っての、俺」

そう名乗った男は、愛想良く笑いながら、ブーツを両方脱ぎ捨ててしまった。

「恵次に確認しますから、少し待ってください」

「無理無理、高飛びした奴が、追い込みかけてる側に連絡つけようとするわけないでしょ」

「——高飛び？　……追い込み……？」

意味がわからず、奏汰が鸚鵡返しに繰り返すと、門原は「あらら」と軽く眉を上げた。

「演技ってわけじゃなさそうだな、というか知ってたら呑気な顔でここにいられないか」

戸惑っている奏汰にお構いなし、門原は部屋に上がり込み、廊下を歩いてリビングに向かっている。

「警察呼びますよ！」

「俺はいいけど、秋山が困るんじゃないかな。あ、君の従兄のお兄さんの方ね」

「え……」

リビングに入り、門原は勧められるまでもなくどさりとソファに腰を下ろした。どうしてい

いのかわからず、奏汰はリビングの入口で止まった。逃げ道を確保しておきたい。

そんな奏汰の様子を見て、門原がふと口許を弛ませる。強面に、妙な人のよさが浮かんだ気がしたが――いい人が、困ると言っているのに他人の家に入り込んだりするわけがない。

「君の従兄、ちょっとタチの悪い人を怒らせちゃってさ」

「タチの悪い人……？」

「すごーく簡単に言って、その筋の人の情婦をヤリ捨てて逃げたわけ。キャバ嬢でオーナーのお気に入りのお手つきだったんだけど、君の従兄が彼女に本気だとか、結婚しようとかで、その気にさせて」

「……」

「たとえ殺されてもいい、一緒になろうとか、言ってたらしいのよ。嬢から話を聞いたオーナーが、だったら殺してやるって店の奥に連れて行こうとした途端、ものすごい速さで逃げ出して、以来雲隠れしてる、と」

「……」

「赤の他人の名刺で偽名使ってたそうだから、勤め先とか名前とか住所とか割り出すのにすごく苦労したけどね。こないだは若いのが挨拶に来ただろ？」

「……ああ……」

一週間前に来た男は、その「若いの」――ヤクザの手下のチンピラだった、ということか。

「でも秋山は不在、留守番を名乗る子しかいないっていうので、困った若い子から俺が相談受けたの。あ、俺はそのオーナーの友達なんだけど」

つまるところ、門原もヤクザの仲間ということらしい。奏汰は背中に冷や汗が伝うのを感じた。ずいぶん強引で乱暴な態度の男だとは思ったが、まさかその筋の人間だとは思わなかった。

「仕方ないから、秋山の会社経由で連絡取ってみたら、どうも君の従兄はずいぶんいいとこにお勤めなんだなあ、社員の個人的な事情に関与はできないの一点張りで、繋いでもらえなくて。ただ注意はされたのか、泣きの電話が嬢経由で来てね。落とし前なら代理の人間がつける、自分のマンションで待たせてるから、煮るなり焼くなり好きにしていい、と」

「――……、……は？」

淀みなく話す門原の説明は、筋道立ってわかりやすかった。

わかりやすかったが、最後の方で言われた言葉が理解し難く、奏汰は間抜けな声を漏らしてしまった。

「だからほら、航空便で届いた鍵を預かって、ここに来たってわけ。一応、『代理の人間』以外に手をつけない口約束はしたけど、まさか本気で鍵が届くと思わなかったから、驚いたよ」

門原は面白そうに話を続けている。

奏汰は耐えきれず、両手で顔を覆って、その場に膝をついた。

「け……恵次――ッ！」

あの野郎、と汚い言葉がつい口を衝いて出る。

「どうりで話がうますぎると思ったんだ、恵次が俺に裏もなく親切にしてくれるわけがなかったのに……！」

留守番を頼まれた時は、恵次の性格からして、「伯母さんに管理を任せるのは嫌なんだろうな」とか、「長期間鍵を預けられるほど信頼している相手はいないんだろうな」とか、「かといって妙なところがケチ臭いから業者に頼むのも抵抗があるんだろうな」と考えた。裏がないわけがないと思ってはいたが、「俺ならタダで面倒な掃除だの郵便物の整理を任せても心が痛まないということだろう」と、軽く考えてしまった。

さすがにこんな裏があるなど、想像できるわけがない。

ひとしきり自分の迂闊さを自分で罵ってから、奏汰はのろのろと顔を上げた。

門原は、相変わらず何か面白そうなものを見る顔で、奏汰のことを眺めている。

（人が落ち込んでるのが、そんなに楽しいか）

これだからヤクザは、と奏汰は悔しい気分になりつつも、気を落ち着けるために大きく息を吐いて、門原を見遣った。

「あの、決して引き受けるとかいうわけではないんですけど、参考までに。……俺が恵次の代わりに『落とし前』をつけるとしたら、一体、どういう……？」

「そうだなあ、とりあえず慰謝料として、一本ってとこかな」

門原が右手の人差し指を立てる。

「百万円……？」

ぶはっと、門原が噴き出した。

「桁が違う」

「い、一千万円⁉　さすがにありえない！　相手のキャバクラの人って、門原さんの友達とかいうオーナーと結婚してるわけじゃないんですよね⁉　既婚者の不倫でもないのに慰謝料で一千万とか、おかしいですよ！　脅迫じゃないですか、それじゃ！」

「納得いかないなら裁判になるな、オーナーは嬢と内縁関係だったとか、婚約してたとか、言い張るだろうし」

「それでも一千万はないです、せいぜい、二、三十万じゃないですか」

それなら恵次が支払えないはずがない。

「裁判って、記録に残るよねえ」

笑い含みで門原が言う。奏汰は眉を顰めた。

「訴訟沙汰だけは勘弁って、泣きが入ったんだよ、従兄のお兄さんから」

「お、俺にそんな無駄金はないし、あったとしても払いません」

多少声が震えてしまったが、きっぱりと、奏汰は門原に向けて断言した。この手の輩に怯んだところを見せたら、きっとおしまいだ。

「ここにいる人間が代理になるっていうなら、今すぐ出て行きます。あとはご自由に、恵次と交渉してください」

「さすがに海外に飛ばれたらなあ。追いかけるにも経費が掛かりすぎるし……だったら都内に居てくれる相手の方がさ」

門原が、困ったように首を傾げながら、上着のポケットに手を入れた。スマートフォンを取り出して、操作したあと、画面を奏汰に向けてくる。

「ヒッ」

映っているものを見て、奏汰は悲鳴を上げそうになった。

「名前と勤め先、おまけに新しいお父さんの住所と会社まで、君の従兄が教えてくれたんだよね、秋山奏汰君」

門原が示しているのは、どう見ても奏汰のバストショットだ。左頬の下にある黒子まではっきり映っている。

恵次が渡したという以外に考えようがない。

「さすがに……外道すぎやしないか……」

「うん、ごめん、そういう世界の人だからね、俺の友達」

奏汰は従兄について評したつもりだったが、門原は友人オーナーについて言われたと思ったようだ。そちらはそちらで人でなしだと思うので、訂正はしなかった。画像を「そういう世界の人」の間でばらまかれれば、奏汰は外を歩くのにもびくつくだろうし、仕事先にまで押しかけられたらと思うと血の気が引いた。

「け……警察に、相談します」

「だからしてもいいけど、逃げられないよ。面子潰されるとおしまいな仕事柄だから、外から見てきっちりカタ嵌めるのがわかる状態まで追い込む」

滅茶苦茶だ。しかし、「そんなことはありえない」と言うことが奏汰にはできなかった。物心ついた時には母一人子一人で生きてきて、しかも親族は自分たちを嫌っている伯母たち。理不尽だと思う目に遭ったのは、一度や二度のことではない。

世の中には、こちらに落ち度がなくても襲い来る不条理が山ほどある。

あるが、しかし。

「俺なんかより、恵次の実家に行けばいいんだ。可愛い息子のためなら、一千万でも二千万でも……」

恵次は躾が厳しく底意地の悪い自分の母と、もっと頑固で吝嗇家の父親を敬遠しており、実家の会社を継がされることを嫌って逃げ回っているが、知ったことではない。

「いやあそこの家、会社経営してて、敏腕弁護士がついてるみたいだから。それこそ恐喝で訴えられても困るし、取れるところから取らないと」

「……」

――駄目だ、八方塞がりだ。

奏汰は目の前がグラグラしてきた。相手に理屈や正論は通じない。自分に一切落ち度も原因すらないのに慰謝料など払う気はないが、そう主張したところで大人しく引き下がってくれるとは到底思えなかった。

「オーナーはいくつか店持ってて、男性キャストがメインのクラブとか、デリになるとずいぶんギャラもよくて」

「冗談じゃない、冗談じゃない！」

たまらず、奏汰は耳を塞いでわめき立てた。

「でも最近稼ぎ頭が立て続けに辞めちゃったから、力を貸してくれるなら、オーナーの気持ちも収まるかもしれないよ」

「職業に貴賤はないったって無理だ！　大体俺がそんなことするいわれがない、自分の意思ならともかく売られてキャバだのデリだのやれるかよ！」

声を上げながら、涙が出てくる。怖ろしいとか悲しいとかではない、情けないのだ。

「わかった、門原さんたちがどうしても俺や俺の家族に手を出すって言うなら、俺が恵次を半殺しにして連れてきますよ、それならいいだろう⁉」

やけくそ気味に声を張り上げる。妙に温和な態度を貫く門原だって「そういう世界」の人間だ、優しい態度は見せかけだけに決まっている。そろそろキレて殴られたりするかもしれないが、体を売るよりはマシだ。

「うーん」

しかし門原は逆上してみせた奏汰を見て、思案げに、顎へと指を当てて唸っている。

「泣くほど嫌か」

「嫌に決まってるでしょうが！」

ぼろぼろと涙をこぼしながら叫ぶ奏汰に、門原は気のせいか、困ったような顔になっていた。

門原にも門原の立場があるだろうから、奏汰にまで逃げられれば面子が潰れるとかで困るのかもしれないが。

「秋山と君、仲のいい従兄弟同士ってわけじゃなさそうだな？」

理不尽な要求を伝えてくるヤクザの割に、門原はやはり妙に穏やかな口調で、そんなことを訊ねてくる。

奏汰は床にへたり込み、濡れた顔を手の甲で拭いながら頷いた。

「死んだ父親の姉の子なんで、そもそも家ぐるみで仲がよくはないんです。俺は母の連れ子で、恵次とは血の繋がりもないし。秋山の家は資産家だから、父が死んだ後はあからさまにハイエナ扱いで、葬儀の後の遺産の手続きのこととか、思い出したくない」

「ははあ。もしかして、うまいこと言い包められて、遺留分すら受け取らなかった？」

なぜわかるのだろう、と思いつつも奏汰は頷いた。

「遺留分っていう言葉すら知らなかったらしいです、当時の母は。まだ若くて世間知らずだったし、俺も小学生だったから話し合いにすら参加してない。今だったら、まず弁護士とか思いつくだろうけど」

秋山という苗字を名乗り続けることだけ許してもらえたと、涙顔で笑いながら言っていた母を、鮮明に覚えている。お父さんとの絆はそれだけで充分だと。

(その絆も俺だけに残して、母さんは母さんで違う人の籍に入って、やっと安定した暮らしを手に入れたんだ。邪魔させるわけにはいかない)

どんどん悲愴な気分になってくる。せっかくいい人と巡り会い、「でもお父さんのことが忘れられないから」と尻込みしていたのを、奏汰が背中を押して再婚を決意させたのだ。今度の相手は、未成年者だった母を孕ませて仕方なく結婚した挙句に浮気をして逃げたクズでもなければ、いい人だが病がちだった秋山の父とも違い、誠実で頑丈な優しい人だ。

「……俺が、恵次とも縁を切っておけばよかったのか……」

「酷い扱いを受けても、奴隷根性で逃げなかった？」

門原の言い種にかちんときて、奏汰はつい相手を涙目で睨みつけた。

「恵次兄さんは、伯母さん夫婦や他の親戚ほどは底意地悪くなかったし、会って遊べばそれなりに楽しかったんだよ」

年の近い従兄弟たちは、揃いも揃って親たちから奏汰と母の悪口を吹き込まれていたらしく、奏汰は彼らにわかりやすくいじめられていた。

　恵次はそれを庇ってくれたのだ。

　奏汰が気の毒だからとか、好意を持って優しくしてくれたというよりは、「奏汰を子分扱いしていいのは俺だけだ」というガキ大将気質のせいだと、当時から理解していたが――それでも、嬉しかった。

「恵次兄さんは俺を『気を遣わずに遊べる相手』とか『気兼ねなく用事を頼める便利な相手』とか程度に思ってただろうけど、それでも搾取したりされたりってことはなくて、対等だったはずだ」

「今こんな目に遭わされても？」

「……恵次兄さんは、いい学校出ていい会社に勤めてはいるけど、浅はかなんだよ……」

　止まりかけた涙が、再び出てくる。これもまた、情けなさが極まったせいだ。

「キャバクラの人にも、多分騙そうっていう気もなくその時は本気で結婚しようと思って、言ったんだ。でもヤクザに追い込まれそうになれば自分の身が危ないから逃げて、助かりたいから俺を差し出して、悪辣じゃなくて軽率なんだ」

「何のいいとこもねえな、それ」

　ごもっともな門原の感想に、奏汰は「まったくだ」と項垂れた。

「もう、どうすりゃいいんだ……本当に恵次を殺して塩漬けにした首でも渡せば、ヤクザの人は許してくれるのか……」

「ううーん」

門原がまた考え込むように、今度はぎゅっと目を瞑(つむ)った。

本当に殺してこいと言われたらどうしようかとぼんやり思う奏汰の見遣った先で、門原が目を開けて、溜息をつく。

「わかった。もし秋山に荷担(かたん)してたり匿(かくま)ってたら容赦(ようしゃ)しないつもりだったけど、どうも本気で巻き込まれただけみたいだし。オーナーには、俺から話してどうにか腹を収めてもらう」

「……え——」

ぽかんと、奏汰は大きく口を開けた。

「え、だって、ヤクザなのにそんな」

あっさりと引き下がっていいのか。ついそう言ってしまった奏汰に、門原が声を上げて笑った。

「俺はヤクザじゃないよ」

「え？」

「友達はまあ、そう間違われても仕方ないような立場だけど。俺はその友達と同業ってわけじゃない」

「でも、じゃあ、何でここに来てこんなこと」

「それはあれだ、カップルが喧嘩した時、彼氏の方に『どういう考えなの！』ってなぜかしゃしゃり出てくる彼女の友達がいるだろ？　そんな感じ」

「はあ……」

笑っていいところなのかわからず、奏汰は当惑して曖昧に頷く。

「長い付き合いだ、オーナーも俺が宥めたら何とか諦めてくれるだろう。ただ――」

門原が言う途中で、チャイムの音が部屋の中に響いた。奏汰は思わず肩を揺らす。

奏汰より先に、ソファから立ち上がった門原が壁に据えられたインターホンに近づき、モニターを見て苦笑する。

「こっちの話し合いが終わるまで待ってくれって言ったんだけどなあ」

「……だ、誰ですか……？」

おそるおそる、門原の肩越しに奏汰がモニターを見遣ると、そこには先日の「若い子」とは違い、趣味の悪い柄シャツに、眉まで剃ったスキンヘッドの絵に描いたようなチンピラが映っている。

「俺とは別口の回収屋。秋山、俺の友達の彼女以外にも、ヤバい相手に手をつけてたらしいな。高級クラブの女で、売り上げナンバーワンなのにすっかり秋山にのぼせ上がって、結婚するって触れ回ってたらしいぞ」

「……な……な……」

「秋山はそっちも、本気だったのかな？　クラブのオーナーのお気に入りで、そろそろオーナーと結婚して店を任されるって話もあった相手だけど……」

奏汰はもう、言葉も出ない。

「そのオーナーの下で働いてる子に、ここに入る時に声かけられたんだ、お互い顔見知りなもんで。向こうもまあ怒髪天を衝く感じだったから、先に俺が行かせてもらって、穏便に話をつけようと思ってたんだけどね」

いっそ卒倒してしまいたかった。目の前どころか体全体がグラグラしてくる。

「あいつ……もうどうにもならないからって、考えるのやめて、全部俺に丸投げしやがったな……！」

恵次が計画的に逃げたとは、やはり奏汰には思えない。自分の手に負えなくなったからと、後先考えず海外に逃げただけだ、絶対。

それを自分が尻拭いする義理はない。絶対にない。断じてない。

――だからといって、仕事や家族まで押さえられている状況で、一体どう立ち回れば自分も逃げ出せるのか、これまでまっとうに生きてきた奏汰には見当もつかず、ただただ途方に暮れた。

3

――さすがに、気の毒になってくる。

途方に暮れた、というのを絵に描いたような顔と姿勢で床にへたり込んでほろほろと涙を流す青年を見ているうち、門原は門原で困ってしまった。

悪い癖だとは思うが、茫然自失するほどの困難に直面している人間を見ると、同情心が湧き上がってくる。

(俺がこの子を風呂だのデリだのに沈めたところで、罪悪感しか湧かないだろうしなあ)

秋山奏汰というこの不憫な青年にも告げたとおり、門原自身は友人とは別業種だし、その下で働いているわけでもないから、彼の処遇がどうなろうと、一切の利害がない。

友人とは高校時代の同級生で部活仲間だ。金を受け取ったり巻き上げられたりする関係でもない。友人に頼まれたから『しゃしゃり出た』だけで、もし交渉に失敗して手ぶらで帰ったところで、友人は残念そうに「門原でも無理だったか」と苦笑するだけだろう。

「駄目だ……もう……そうだ、指くらい……二本くらい……?」

呆然と泣きながら、どうやら従兄の指を詰めて落とし前をつけさせようと算段を始めたらしい奏汰に、門原はますます同情した。

（こんなの、店に放り込んだら、一瞬で穴だらけにされるぞ）

画像でもわかっていたつもりだが、実物を目の当たりにしてみれば、奏汰は少し驚くくらい整った顔立ちをしている若者だった。

秋山が「この子を差し出せば自分は許されるかもしれない」と思いついたのも、無理はない。最近嬢たちが騒いでいる若手俳優とかいうのと並べても遜色がなさそうだ。

（身内がクズっていうのは大変だよなあ）

親兄弟の借金を背負わされて、彼氏に騙されて、風俗に身を投じる女の子は多い。趣味や金のためと割り切って働く子は逞しく頼もしいが、悲愴な表情で出勤しては日に日に心身を病んでいく子を見ていると、心が痛む。

「うーん、向こうも何とか……」

思案していると、スマートフォンが鳴った。エントランス前で待っている男からの着信が表示されている。インターホンに応答しないので、痺れを切らして直接門原に電話をかけてきたらしい。

「はい、門原」

『先生、そっち、どうなってるんすか？　俺だって忙しいし、手ぶらじゃ帰れないんすけど。うちの兄さんだってめっちゃガチギレなもんで』

「それなんだけど、やっぱりここにいる留守番役の子、秋山のしでかしたこと何も知らなかったっぽいんだよなあ」

『知らねえすよそんなん、秋山の野郎がそいつにケジメつけさせるって言ったんでしょ。画像見せたら、こっちの常連さんがえらいこと気に入ったっていうんで、高値で売りつけてやりますよ。初物（はつもの）の素人（しろうと）でしょ？　二度と自力で便所すませられないくらい可愛がってやるって、楽しみにしてるんすから』

ちらりと奏汰の方を見遣れば、電話の向こうでがなっている男の声がしっかり聞こえてしまったのか、顔色をなくしている。

「まあとりあえず全面、こっちに預けてくれないかな？　そちらの社長さんには俺から話通すからさ」

『いや、そりゃないっすよ、いくら門原先生だって。兄さん、一番お気に入りの女こまされたって、鬼みたいな顔になってるんすから』

「まあまあとにかく、今日のとこは一旦帰ってもらって。秋山本人にはちゃんと自分のケツは自分で拭（ふ）くように、こっちで何とかするからさ」

『そう言われてもなあ』

相手はしばらく喰い下がったが、門原が穏やかに、しかし頑（がん）として譲（ゆず）らずにいると、『兄さんに聞いてみるっす』と諦めたように電話を切った。

「ひとまず今晩は、もう一人の方には引き下がってもらったから」

「……」

ぼんやりと、奏汰が門原を見上げている。

「なんで……？」

なぜ門原がそんなことをしてくれるのか、と問いたいらしい。門原は苦笑した。

「そりゃ、何の罪もない子がそんな顔で泣いてるのは、あんまり気の毒だからさ」

「門原さんが、ヤクザの人に怒られるんじゃ……」

「言ったろう、俺はオーナーに雇（やと）われてるわけでも何でもない。友達だし、仕事の付き合いもあるから、何だかいろんなトラブルに駆り出されてはいるけど」

「仕事の付き合い……」

そこはかとなく、奏汰の眼差しが胡乱（うろん）げになった。何だかんだ言ってやっぱりヤクザなのでは、と疑われているようだ。

「俺のことはともかく、相手が引っ込んでくれたうちに、ここを出ていきなさい。俺から話してみるけど、さすがにあっさり諦めるとは――」

話す途中で、門原の電話が再び鳴った。先刻のチンピラの上司、つまりは秋山恵次（けいし）が寝取った女の愛人だ。

『話聞いたけどさあ、そんなもん、道理が通ると思うか？』

電話に出ると、挨拶（あいさつ）もなく、いきなりどすの利いた声で凄（すご）まれた。

「そっちの面子(メンツ)があるのも重々承知してますけどね。そこを何とか」

奏汰は不安そうに、電話でやり取りをする門原を見ている。今度も相当声が大きいので、会話は丸聞こえだろう。なるべく穏便に、無関係の奏汰のことは勘弁してくれるようにと、門原は言葉を重ねた。

「勿論(もちろん)タダでとは言いませんから。——次の仕事、かなり勉強させてもらいますよ」

これでようやく、がなり続ける相手の勢いが落ち着いた。

『じゃあまあ、今回はあんたの顔を立てて、そこにいるガキのことだけは見逃してやる。今のところはな』

「助かります」

『ただし秋山本人が出てくるまで見張らせてもらうし、いつまでも出てこなけりゃ、そこにいるガキにうちで稼(かせ)いでもらうことになるぞ。それも嫌だっていうなら、俺の憂(う)さ晴らしに門原さん、あんたもろとも五体満足じゃいられなくしてやるからな！』

通話が終わる時も挨拶なく、ぷつりと切られた。

「あらら、たしかに相当ブチ切れてるなあ」

「……ひ、引っ越ししろったって、行くところなんてない」

奏汰は状況がわかっているのかわかっていないのか、そんな甘っちょろいことを言っている。

「母さんの新しい家族を巻き込むなんて、絶対にできないし……」

「転がり込めるような友達とか、彼女なんかは？　頼れる会社の同僚とか上司とか」

「いません」

妙にきっぱりと答えて、奏汰が首を振る。

「じゃあひとまずはホテルとかウィークリーとか」

「そんな金ない。ウィークリーでも日割りで六、七千円かかるでしょう。今まで日々の暮らしでカツカツだったから貯金なんてないです。だから引っ越し資金が貯まるまではここにいようと思ったんだ」

やはり奏汰は、まだ自分のおかれた立場が呑み込めていないらしい。友人オーナーはこれから説得して諦めてもらえるだろうが、もう一方に関しては『今日のところは』門原の顔を立てて引き下がってくれたに過ぎないのだ。

「明日からも、さっきチャイム鳴らした奴は遠慮なく訪ねてくるぞ。秋山が戻ってきたらすぐ捕まえられるように見張るつもりだと言ってたし、そっちが先に音を上げて自分に従うようプレッシャー掛けるつもりでもあるだろうし」

「殴られそうにでもなったら、すぐ警察に通報します。警察が問題を解決してくれるわけじゃなくても、その場その場で追い払えればそれでいい」

「いやあ、そうは言うけど、つけ回されるのは結構精神的に来るぞ？　次にいつ来るか気が休まらない。何なら金利の低い金貸しを紹介してやるから」

「奨学金以外の借金は死んでも作りません」

　またきっぱりと、奏汰が言う。途方に暮れて泣く割に、妙に頑固なところのある青年のようだ。

「恵次の性格からして、多分そう遠からず戻ってくると思うんです、俺からの連絡は拒否してるし、多分門原さんの電話にももう出るつもりがないだろうけど」

「ああ、鍵は送られてきたけど電話には出ないな、差出人住所もでたらめだった」

「全力で逃げるくせに、自分の知らないところで状況が悪化してたらまずいなって、ちらちら様子を窺うはずなんです。転勤じゃなくて出張だから、何年も向こうにいるわけじゃない、せいぜい二、三ヵ月だって聞いてる。でも恵次は二、三ヵ月も我慢できずに、一ヵ月以内にはここに来ます」

「――そうなのか？」

「はい。その時に俺がここにいなければ、多分あいつはこのマンションを売って、また逃げます。門原さんに鍵を渡したのは、そうすればいいやと考えてたからだと思う。……逃がすもんか」

「……なるほど」

　つい感心して、門原は頷いた。

　どうやら奏汰は状況が把握できずに茫然自失しているわけではなく、自分の従兄に対して深く静かに怒っていたらしい。

「そっちはそっちで従兄に一言くらい言ってやりたいのかもしれないけど、でもおじさんは、やっぱり当面逃げた方がいいと思うけどなあ。自分の心身を危険に晒してまでやることでもないだろ、いつ相手の気が変わって、サドの男色家に売り飛ばされないとも限らないぞ」

「……」

親切のつもりで言ったのに、奏汰がまた顔色をなくしてしまった。

「……でも俺が逃げても、母さんや新しい旦那さんの住所も、割れてるなら……俺の居場所はわかってた方が……」

蒼白になりながらも、奏汰は座り込んだ床の上で拳を握り締めて呟いている。

秋山奏汰という青年は、従兄とは正反対に、自分だけ逃げられたらそれでいいと思える性格ではないらしい。

「うーん、それじゃあ……」

呟いた門原に、奏汰が顔を上げる。秋山を見上げる縋るような目は、いかにも「帰ってしまうのか」とでも言いたげな様子で、不安そうに揺れていた。

これを置いていくのは、門原にとっては、なかなか至難の業だ。

「何ならここには、俺がいようか？　俺が居座ってりゃ、そうそう気軽に脅しかけには来られないと思うし」

「え——」

奏汰が驚いたように大きく目を瞠った。

悪い癖だ、と我ながら思うが、仕方がない。

「……いいんですか？」

ほらみろ、下手に親切心を出してみれば、世間知らずの若い男はそもそも門原が脅しに来たという事実も忘れて、希望に縋るような様子になってしまった。

自分がそんなことをしてやる義理はないと、わかってはいるのだが。

この手の健気なタイプに、門原はどうしても弱いのだ。

「こういうの慣れちゃってるから、DV男やらストーカーやら借金取りから逃げる嬢の世話したり、匿ったり、返済やら自己破産の相談に乗ったり」

奏汰が微妙に不思議そうな顔になる。

「そういえば、名前しか教えてなかったな」

思い出して、門原はスーツの内ポケットから名刺入れを取り出した。名刺を一枚、奏汰に手渡す。

奏汰がまじまじとその名刺を見た。

「門原税理士事務所……」

「税務相談があれば、いつでもどうぞ」

営業スマイルでにこやかに言った門原に返ってきた奏汰の眼差しは、どこか胡散臭いものを見る色合いだった。

4

税理士を名乗る門原という男と、当分一緒に生活することになってしまった。

なってしまったと言っても、決めたのは奏汰自身だが。

（ヤクザじゃなくて、士業の人だったとは）

見た目からしてその筋の人のようだったのに、まさかの身元の確かさだ。

（いや、悪徳税理士とかもいるのかもしれないけど）

門原をいい人だと信頼したわけではないが、電話のやりとりを聞いていれば、その存在が他の怖い人たちに対する抑止力にはなる気がしたのだ。

（門原さん自体が一番怖い人だった場合は、詰むけど……）

恵次に騙された奏汰が言うのも何だが、門原は悪人には見えなかった。悪人であれば、親切心など欠片も見せず、力ずくで奏汰をここから友人とやらのところへ連れ去ればよかったのだ。油断させて隙に乗ずる必要もない。体格からして、奏汰では門原に力では敵わなかっただろう。有無を言わさず殴られて、気絶して、目を覚ましたら怖い人の揃った事務所――という展開の方が、手っ取り早かっただろうに。

門原は、心細さのあまり無様に座り込んだままの自分を見兼ねて、ここにいようかと言ってくれたのだ。もしかしたら、門原は門原で、恵次を捕らえたいという意図はあるのかもしれないが。

「そもそもは普通に独立して、主には近所の商店なんかを顧客にしてたんだけど」

門原は特に運び込む荷物もないと言い、そのまま恵次のマンションに落ち着くことになった。

夕食がまだだと聞いて、奏汰も自分が食事の途中であったことを思い出し、母親の最後の常備菜を門原にも提供した。

「その友達のオーナーってのはさっき言ったみたいに高校時代の同級生なんだけど、そいつのやってる店の税務相談に乗るうちに、自然と嬢たちの申告も請け負うようになって」

「キャバクラとかに勤めてる人って、確定申告するんですか？」

「キャバもソープもデリも、キャストは基本、個人事業主なの。店から発注されて接客するお仕事だから。まあ基本この世界、店自体がまともに申告してないことが多いんだけどね」

「へえ」

「友達が、小さい箱から始めたのが思いがけず繁盛して、商売を広げたのはいいけど回しきれないって泣きついてきた時には、もう経理なんてずさんもいいところで脱税しまくりだったんだけど、稼ぎが目立ってたせいで税務署に突っ込まれてさ。嬢も瞬間的にかなり高額の収入になってたから、追徴課税くらって、パニックになってるところを俺がいろいろ整理したから、友達はこっちに恩義を感じてくれてるらしくてね。ちゃんと報酬はもらったから、対等な関係だと俺は思ってるんだけど」

門原も、そちらの世界に関わってはいるようだが、奏汰にとってはまったくもって予想外の関わり方だった。

「俺はどんな職業であれ、日本国民なら正しい納税を推奨してるので、今じゃ友達の会社はもう完全クリーンな経営よ」

「はあ」

風俗店とクリーンというのが奏汰の中ではうまく結びつかないが、門原曰く、性風俗といってもきちんと届けを出して、法に従い、清く正しく何の後ろ暗いところもなく運営しているらしい。少なくとも、門原の友人の店では。

「あそこのキャストは全員、しっかりと住民税健康保険料を納めて、還付金も受け取ってる。けど、やっぱりどうにかしてうまいこと法をかいくぐって出来る限り利益を得ようって頭の人も多い。さっき電話してきた店の方針がそれで、でも一度友達の店がある界隈全部に税務署の手が入ったから、今は嫌々税申告してるけど、もうこっちの報酬が高いのぼったくりだのと顔を合わせるたびにグチグチグチグチと愚痴をまあ」

「大変なんですね。――あ、じゃあ、さっきの、次の仕事は勉強するって言ってたの……」

「今年度の確定申告は、格安で引き受けてあげますってこと。基本的に金にがめつい人だから、そう言っておけば多少軟化するかと思って」

「いいんですか？　俺もそもそも全然責任ないけど、門原さんなんかさらに無関係なのに、そんな自分が損するようなこと」

「いいんだよ、そもそも相場よりもふっかけてるから」

平然と答えた門原に、奏汰は呆れた。実際ぼったくっていたらしい。

「チンピラ丸出しの格好で事務所に出入りされたせいで、筋者が出入りしてるって噂になって、それまでの顧客に全部逃げられたんだ。まともな格好で来てくれよって言ったのに、とってきのアロハシャツなんか着てくるから」

ここは、笑っていいところなのだろうか。判断がつかなかったので、奏汰は漬物を咀嚼しつつ、曖昧に頷いた。

「俺は私情まみれの駄目税理士なの」

自分をそう評する門原が、奏汰にはやはり悪い人だとは思えない。

食事を終えると、門原は寝床はソファでいいよと言ったが、奏汰の方が従兄のベッドに寝るのに抵抗があると断り、門原が寝室を使うことになった。

「従兄のベッドが嫌って、そういうもんかね」

「何だか生々しいじゃないですか、彼女とか……それこそ門原さんの友達の彼女とか、もう一人の女の人の方とか……」

従兄が彼女たちとベッドでどんな行為をしていたかと想像してしまいそうになり、奏汰はますます寝室を使う気が失せていた。

「そういう想像しちゃうのか。もしかして童貞？」

「そうですよ」

ストレートに訊ねてくる門原に、奏汰は言葉を詰まらせないことで精一杯だった。平然と答えてみたつもりだが、門原の唇の端が面白そうに吊り上がったので、動揺と羞恥は伝わってしまっただろう。

（訂正だ、悪い人じゃないっぽいけど、意地は悪い）

夜の世界に精通している様子の門原にしてみれば、大学卒業したての自分なんて、赤ん坊のように見えるに違いない。

「女の子にちやほやされそうな顔してるのになあ」

「それは門原さんでしょう、好きな人にはすごく好かれそうな容姿じゃないですか」

「そうそう、一部の物好きにはモテるの、おじさん」

そう言って、門原が笑う。自分でおじさんと自称するほどの歳でもなさそうだが、色々な意味で若すぎる奏汰を前にすると、そう言いたくなってしまうもののようだ。

（……泣きまくったしな……）

少し前の自分を思い返して、奏汰は恥じ入る一方だ。悔し泣きとはいえ、初対面の人の前で取り乱して、それこそ赤ん坊のように泣いてしまった。自分のキャパシティを超えた時と、自分が情けない時に、どうしても感情が昂ぶりすぎて泣けてくるのだ。大学受験の時に思ったような成績が出ず、本番直前にも追い詰められてそんな感じになってしまったのを思い出す。

泣けばすっきりして、思考も明瞭になり、問題の対策を練り始めることができるのだが。

門原は「適当にやってるので、お構いなく」と言って恵次の寝室に引っ込んだ。自分の家ならばともかく、恵次の部屋であれば、鍵を渡したのも恵次自身だし、どう使われても文句はないだろう。おそらく門原が故意に部屋を荒らして恵次への嫌がらせをしたり、何か懐に入れたりすることもない気がする。

（税理士って肩書きだから……というわけでもないけど）

初対面、しかもひどい出会い方だったのに、あっさり相手を信用するものではないと自分を戒めつつも、奏汰は門原が家にいてくれることに、結局はずいぶんとほっとしてしまった。

朝になると、門原は仕事に向かう奏汰と一緒にマンションを出ると言ってくれた。昨日の男が待ち伏せしていた時のためだ。
「いなけりゃいないでいいし、万が一張ってたら、ここに俺が居着いてるってわかって牽制になるだろうし」

正直なところ、門原がそばにいてくれるのは、相当心強い。最初に門原側の「若い子」が押しかけてきた翌日以降は、エレベーターを乗り下りする時や、マンションの出入りの時にひどく緊張させられたが、門原が一緒にいる今は、少なくともいきなり襲いかかられたりすることはないだろう。

幸い、何ごともなく駅に着いた。

「仕事が終わったら、連絡しなさい。駅まで迎えに行ってあげるから」

「はい、ありがとうございます」

門原は、しばらくこうして奏汰を送り迎えしてくれるというのだから、本当にありがたい。

(店に変な人が来たりは、しませんように……)

奏汰の祈りが届いたか、朝から夕方までの勤務時間中、それらしき者が姿を見せることはなかった。今日は下田(しもだ)と一緒のシフトだったが、客を取られることも面倒で無意味な用事を押しつけられることもなく、店長に嫌味交じりに励(はげ)まされることもなく、奏汰を名指しでコーディネートを見繕(みつくろ)うよう頼んでくれる客が複数あり、なかなかいい一日だった。

こういう日があるから、嫌な先輩や上司がいようが、仕事は楽しい。

勤務を終えて店を出る前に、言われたとおり門原にメッセージを送っておいたら、恵次のマンションの最寄り駅に着いた時にはすでにその姿が改札の向こうにあった。

早番だったので、駅は会社帰りの人たちに加えて学生たちも大勢いたが、門原の姿は人混み

の中でやけに目を惹いた。背が高くて、やはり強面だが容貌が整っているので——というより
は、顔立ちがよすぎるせいで黙っていると余計に怖く見えるのか、とにかく、印象に残る。

（アウトロー映画に出てくる主人公みたいだ）

一般人なのにテロに巻きこまれた挙句、国を救う活躍をしてしまう主人公とか。

（大体妻子を亡くしてるか、離婚してるんだよな）

そういえば、急にマンションでの生活を決めたりして、家族は了承しているのだろうか。

そんなことを考えながら奏汰が改札を出ると、門原も奏汰に気づいて、笑った。

笑うと途端に愛嬌のある雰囲気だ。不思議な人だ。

「おかえり」

そして口調は優しげで、一言なのに包容力を感じさせる。

「門原さんって結婚してるんですか？」

「あ？」

迎えにきてくれた礼も、ただいまという返事すらすっ飛ばして、奏汰はつい頭に浮かんだ疑
問を口にしてしまった。慌てて首を振る。

「いえ、わざわざ来て下さって、ありがとうございます」

「いえいえどういたしまして」

奏汰たちは、駅直結のスーパーで買い物をしてから、マンションに戻ることにした。昨日と

今朝、門原にも食事を提供したら、冷蔵庫は完全に空になってしまった。

「自炊するの、奏汰君」

「したいんだけど、いまいち不器用で」

「だろうなあ、料理しない人の買い方だよ」

スーパーで適当に目についた特売品の肉や野菜を買い物カゴに入れていたら、門原に笑われてしまった。

「安くたってそんな大量に買ったら、使い切る前に腐らせるぞ。全部やりくりできるベテラン主婦ならともかく」

「冷凍して、使う時に出せばいいのでは」

「見える、見えるな、冷凍庫の中で霜に埋もれて存在を忘れられた合い挽き肉の姿……」

掛け持ちの仕事で忙しい母に代わって、買い物を担当するのは主に奏汰だったが、必要なものは全部母がメモしてくれていた。

「……もうちょっと、料理を教わっとくべきだったな」

掃除洗濯洗い物は得意なつもりだったが、料理はどうしても苦手意識がある。

奏汰は奏汰でアルバイトをいくつも掛け持ちしていたので、「料理だけはお母さんが」という言葉に甘えてしまっていた。

就職したら学生の頃より時間ができそうだったから、そこからやろうとか思っていたのは、甘かった。

「お母さんの再婚についていっちゃえばよかったのに」

あれこれ考え込んでしまった奏汰の様子を敏感に察したようで、門原がそんなことを言う。

「学生だったらそうしただろうけど、独り立ちのタイミングじゃないですか。向こうに中学生の娘さんもいて、妙な噂でも立てられたら可哀想だし」

「妙な噂か、まあ、立たせる人は立たせるもんなあ」

門原の口調がやたらしみじみしていたのが気になって、奏汰は相手をちらりと見上げた。目が合って、苦笑を返された。

「おじさんは結婚してたけど、事務所の顧客と一緒に、新婚ほやほやの奥さんも逃げ出しちゃったの」

「……あー……」

「友達の店の子たちは友達の大事な商売道具だから、手を出すなんてありえない――と言ったところで、嬢たちには慕われちゃって、相談ごともあったし、彼女たちが俺の事務所に出入りするだけじゃなくて、俺が店に行ったり、電話だのメッセージだのがひっきりなしに届いちゃったしね」

それで浮気を疑うなというのは、相手にとって、ましてや新婚だというのなら、酷なことだろう。

「奥さんのために、友達の方と距離を置こうとは思わなかったんですか？」

「そこが俺の悪い癖で、目の前で困ってる方を優先しちゃうんだよね。元奥さんはいい家の子で、家族にも友人にも恵まれて、今晩寝るところがないとか、女の子なのに元の面相がわからなくなるくらいボコボコに殴られてるのに警察に駆け込めない事情があるとか、オーバードーズで引っ繰り返るとか、そういうのとは無縁だったから。……無縁なところを、好きになったんだけどなあ」

最後の方は独り言の調子になり、そんな自分に気づいたのか、門原が照れ臭そうに笑う。

「という、おじさんの昔話」

「おじさんって、門原さんまだ、四十歳とかそれくらいじゃないですか」

「……おじさんね、三十六歳」

門原の様子があまりに悲しそうだったので、奏汰はたまらず噴き出してしまった。

笑われて、門原が拗ねたように奏汰から顔を逸らしている。

「二十二歳から見たら、三十より上は全員おじさんだろうよ」

本気で傷ついたわけではなく、演技だとわかったので、奏汰は遠慮なく笑い声を立てる。

笑いながら、門原が「おじさん」を自称するのは、もしかして意図的なものなのではと思い至った。

夜の仕事に従事する女の子たちに囲まれて、しかも相手の困りごとの相談に乗ってやれば、恋愛感情を募らせる相手も出てくるだろう。

（門原さん、恰好いいしな。しかも親切で）

そういう対象ではない、と相手に言外に告げるために、「自分はおじさん、君は子供」と線引きをしている気がする。

（悪い人じゃないっていうか、いい人では……？）

会って丸一日も経たないうちに、奏汰の中で、門原への評価が鰻上りだ。

「というかね、挽き肉は空気に触れる部分が大きいから、他の肉より消費期限が短いの。そんなに買っても、冷凍したって二週間がいいところだから、使い切れないぞ」

あれこれ考えごとをしながら、奏汰はいつの間にか、大特売のシールが貼ってある合い挽き肉ばかりカゴに入れていたらしい。門原が、渋い顔でそれをひとつ残して売り場に戻している。

「いっぱい買うなら、こっちの鶏モモにしなさい。あとそのほうれん草、絶対使い切れずに腐らせて悲しい思いをするから、小分けの冷凍がいい」

どうやら計画性のない奏汰の買い物を見兼ねたようで、門原はてきぱきと、奏汰の持つ買い物カゴの中身を入れ替えてしまった。

「それで君の従兄のオシャレなキッチン、調味料の類が一切なかったから、塩コショウ醤油砂糖と油と、あとあれだ、めんつゆ。めんつゆがすべてを解決してくれるから」

調味料まで一揃え、門原が選んでくれる。

「門原さんは、料理得意なんですか？」

「独り者なので、必要に迫られてそれなりに。歳を取るとね、外食とか出来合いが続くと、胃に来るのよ……」

会計の時、門原が財布を出そうとしたので、奏汰は固辞した。

「でも俺も食べるんだから。それに入社したてで、金ないんじゃないの」

と門原は門原で引かないので、奏汰は財布から千円札数枚を抜き出して相手に見せつけた。

「これは、見かじめ料です」

ぶはっと、門原が噴き出す。その隙に、奏汰は急いでカルトンに金を置いた。

「じゃあ気合い入れて、見かじめしないとなあ」

奏汰の言い種が気に入ったのか、門原は財布をしまってくれた。

会計を済ませるとスーパーを出て、マンションへと戻る。特に調味料類がなかなかの荷物になってしまったので、門原と分けて運べたのは助かった。

（いや、これ、店の女の子たちはそりゃあ勘違いするよ、きっと）

門原は気が利いて、優しい。偏見かもしれないが、風俗で働く女の子というのは、どこかしら苦労している上に、どこかしら不安を抱いて生きている気がする。そんな人がこんな門原に優しくしてもらったら、実際以上の好意を感じ取ってしまいそうだ。

（……俺だって、こんなに親切にしてくれた人、これまでいなかったんだから）

親戚には邪険にされ、学校でもアルバイト先でも付き合いが悪いからと遊びの頭数に入れられることなく、孤立していた。今どきバツイチだのシングルマザーだのは珍しくもないだろうに、母が一人死別とはいえバツニで、しかも奏汰をずいぶんと若い頃に産んだとなれば、近所でも身持ちの悪い女だと噂になって、どことなく遠巻きにされた。母は進んで身の上話をするタイプではなかったが、二十八歳で十歳の子供がいれば、嫌でも勘繰られる。母の見た目がずいぶん若く見えたのも不運だった。

——などという身の上話を、奏汰はマンションへの帰り道で、ぽつぽつと門原にしてしまった。するつもりはなかったのだが、門原という男はやたら聞き上手で、マンションの部屋に入る頃には、母がろくでもない男に捕まって十七歳で結婚して、十九歳で離婚したところまで話し終えてしまっていた。

「じゃ、『秋山のお父さん』っていうのは、実の父と違って、真人間だったんだ」

「って聞いてます、俺が小学生の時に亡くなって、最後の何年かはずっと病院生活だったから、薄情だけどあんまりよく覚えてないんです。親戚に言われた嫌なことはワースト百まで今も忘れられないっていうのに」

「あるあるだよ、嫌なことのが記憶に残るよね、人間は」

門原も苦労してきたのか、それとも奏汰に合わせてくれたのか、感慨深い様子で頷いている。どちらかといえば後者ではと思い、奏汰は急に恥ずかしくなってきた。苦労自慢になってしまった気がする。

「……何か変な話ばっかりしちゃったな。でも言うほど嫌な目に遭ってないですから、門原さんが言ってた風俗の人たちみたいに、ＤＶとか借金とかストーカーとかはなかったし、自傷行為なんて思いつきもしないし」

「まあね、比べるのはよくないよ、奏汰にも女の子たちにも。本人の苦労は本人のものだから」

笑って言われて、奏汰はさらに恥じ入った。自分に比べて相手の方が大変だ、なんて、たしかに失礼な言い種だった。

「というか、今の奏汰の状況は、なかなか他に類を見ない悲惨なものだと思うので」

「……そ、そう言われると、それはそれで辛い気持ちになってくる……」

従兄に売られてヤクザに目を付けられているなど、言われてみれば相当悲惨な状況だ。

「奏汰の言うとおりなら、そのうち秋山がここに姿を見せるだろうから、それまでの辛抱だ。見かじめ料も最後は秋山から絞り取るから、家計簿をつけておくといいよ」

門原の口調は本気なのか冗談なのかわからない。どのみち恵次が門原の友人オーナーに捕まれば、ただですむわけがないとは思う。まさか殺されたりはしないだろうが、それなりに痛い目を見るだろう。

（それで多少は懲りればいいいんだ）

恵次に同情するつもりはない。少なくとも、自分が遭わされるかもしれなかった痛い目を超えない限りは。

「夕食、俺が作るので、門原さんは休んでてください」

「おう、楽しみだな、奏汰の『不味くはないけど美味いとも言えない微妙な野菜炒め』」

「任せてください、食べられないことはない料理ですよ」

門原が大笑いしてソファに腰掛ける。奏汰も笑いつつ、内心少し、動揺していた。

（当たり前みたいに、名前呼ぶなあ）

門原は恵次を「秋山」と呼ぶので、同じ名前ではややこしいからと、奏汰をそう呼び捨てにするようになった。

実は母は「カナちゃん」、恵次も「カナ」と、子供の頃からの呼び方を未だに変えないので、奏汰には自分を「奏汰」と呼ぶ相手が存在しなかった。恵次の両親など、奏汰の名前を口にするのも嫌だという態度を貫いている。知人は全員「秋山」か「秋山君」だから、現状、この世で奏汰を名前で呼ぶのは、門原だけということになる。

（秋山のお父さんが生きてた頃は、奏汰って呼ばれてた気がするけど……）

何だか急に、自分が『奏汰なんだ』と意識して、狼狽える。自分の名前なのに何を今さらと思うが、あまりに呼ばれ慣れていないので、いちいち耳に留まってしまうのだ。

（社会の歯車ではなく、奏汰という個人の存在を、認められたかのような……？）

何を大袈裟な――と我ながら思うし、大体門原の方は、きっとお店の女の子たちをいわゆる源氏名で呼んでいるだろうから、何の気無しかもしれないが。
ただ、とにかくまあ、奏汰はそこはかとなく嬉しかったのだ。

5

門原との共同生活は、思いがけずにうまくいっていた。

同居というほど本格的なものでもなく、お互い間借りしているという前提なのが、ちょうどよかったのだろう。

門原は奏汰が出勤している間、自分も税理士事務所で仕事をしたり、店や女の子たちの相談に乗ったり、または奏汰を見逃してくれるよう件の男たちと交渉してくれたりしているらしい。

「偽名使ってたっていうのが、もう印象悪いんだよな。仕事相手にもらった名刺を使って、その人は関係ないって秋山は言い張ってたけど、一応確認しないわけにもいかないから顔の怖い若いのが何人か自宅に押しかけて」

門原と恵次のマンションで寝起きを共にして四日目の夜、奏汰が遅番だったために深夜になった夕食の時にそんな話を聞いて、奏汰は頭が痛くなった。

「本当に最悪だ、あの人は……」

「様子からして実際無関係だったみたいだから、そっちの訪問は俺が口出しするまでもなく一回で終わったみたいだけど」

「俺も無関係なのに」

「可哀想に……」

同情たっぷりに門原に言われて、奏汰は泣きたくなった。情けない。

「ところで、明日の晩は俺が夕飯を作っていいかな」

同情を滲（にじ）ませた顔のまま、門原が続けて言う。

「俺の料理は駄目ですか？」

「この鮭（さけ）……中が生だな……」

「電子レンジであったためよう」

悲しげな門原と自分の分の魚を、奏汰は手っ取り早く電子レンジで加熱した。

食事の支度は朝晩奏汰が担当していて、自ら（みずか）宣言したとおり、すべてにおいて『食べられないほど不味（まず）くはないが、特別美味（うま）くもない』出来映（できば）えだ。奏汰自身は食べられればいいやという程度だったが、門原はとうとう限界がきたらしい。

「クッキングヒーターじゃなくて、ガスコンロならもうちょっとうまく焼けるんですよ、きっと」

「そうかな、奏汰の料理の腕は、道具の問題じゃない気がするんだよな」

「いつか慣れます、多分」

「根本的に食に興味がないんだ。奏汰においしいものを食べさせてやりたい……」

そこまで嘆（なげ）くことだろうかとは思うが、自分の調理センスのなさは自覚しているので、どうしてもというのなら無理に味気ない料理を押しつけ続けるわけにもいかない。

「じゃあ、すみませんけど、明日はお願いします。そしたら洗い物は俺がやるので、門原さんは手を出さないでください」

門原は一人暮らしが長いからか、食べ終えたあと当たり前のように使い終えた食器をシンクに運び、そのままさっさと洗い物を始めてしまうので、油断ならない。

「あと、洗濯も俺のと一緒にしておきますね。洗濯は普通にできますから、念のため」

「うっかりスーツを洗濯機にかけたりは……」

「しません」

「アパレル関連のお勤めだもんな、さすがに服の取り扱いは詳しいか」

「はい」

洗濯機任せではなく、手洗いも得意だ。服に関しては、クリーニング代もケチらず、プロに任せるところは任せるべきだとも弁えている。男の下着や靴下などは、適当に洗濯機に放り込んでも構わないということも。

掃除も奏汰が積極的に行っていた。このあたりは料理と違い、コツもわかっている。ロボット掃除機が時間になると勝手に床を掃除して、勝手に充電スタンドに戻ってくれたので、水回り以外でそれほど手間はかからなかったが。

何にせよ、恵次のマンションは暮らしやすい。先月まで奏汰が住んでいたアパートと違って、間仕切りに段差がないし、建て付けが悪くてきちんと閉まらないドアもないし、何をするにもボタンひとつで、楽ちんだ。

風呂は二十四時間循環温浴システムで、勝手に水を濾過して温めてくれるから、浴槽を掃除する手間すら必要ない。

「片づけはいいので、風呂どうぞ」

食事を終え、奏汰がやると言ったのに皿をシンクに運ぼうとする門原を制して、そう告げる。

「じゃ、お先に」

門原が風呂場に消え、奏汰は洗い物をすませてから、ソファに身を投げ出し天井を仰ぐと、大きな溜息を吐いた。

「何だこれ……楽しい……」

果たして楽しいなどと言っていい状況なのかは謎だったが、奏汰は門原との生活が、誤魔化しようなく楽しかった。

まず、朝と帰り、門原と一緒にマンションと駅を往復できるのが楽しすぎる。

母と暮らしていた頃、お互い仕事と勉強とアルバイトで忙しくて、生活時間は完全に擦れ違い、顔を見て挨拶すら交わせない日が多かった。同じ卓袱台で食事を取ることも滅多になく、作り置きのおかずを温めるのも面倒で、奏汰一人の時は冷蔵庫から取り出してすぐの冷たい肉料理を平気で食べていた。

料理は腹に入れば何でも一緒だと奏汰は思っているが、さすがに世話になっている門原にまでそれを強要するわけにはいかないし、同じタイミングで帰ってくるから作りたての料理を向かい合って食べることになる。

それが思いのほか、嬉しい。人と食事をするということは、こんなに楽しいものだったのかと、新鮮な気分になった。

二人が使った皿を洗うのも楽しい。恵次のマンションには備え付けの食器洗い機があったが、使い方がわからず手で洗っているのも、面倒だとも思えない。

「人と暮らすって、いいなあ」

母との二人暮らしと、まるで違う。部屋が広い上に造りがしっかりしていて、互いの生活音が気にならないせいかとも思ったが、それだけではない気もする。

「人との会話が……楽しい……」

接客の仕事で客とは充分会話しているが、それともやっぱり、違う。

(何が違うんだろう)

母が家にいる時、狭い部屋で遠慮しあわなければならずに窮屈で、それでも家族がいることに安心していた。今も、門原がいてくれるおかげで、セキュリティ的な意味で安心できるが——でも少し、緊張もしている。それは「仕事で疲れた母を起こしてはいけない」という緊張感ともまるで違う。

（緊張というより）

ソファの背に深く凭(もた)れながら、奏汰はそっと自分の鳩尾(みぞおち)辺りに掌(てのひら)で触れる。

（ソワソワしてるというか……）

門原と話していたり、門原の気配を家の中で感じたりすると、腹の辺りが落ち着かない。上擦(うわず)っている感じがする。

それを意識してしまうと、ますますソワソワしてしまう。

じっとしていられず、奏汰はソファから立ち上がるとキッチンに向かい、電子ケトルで湯を沸かしつつ、コーヒー豆を棚から取り出した。ドリッパーにペーパーフィルターをセットして、丁寧にコーヒーを淹(い)れる。

「お、いい匂いがするなあ」

思ったよりも早く風呂から上がった門原が、リビングに顔を見せて言った。

「門原さんも飲みますか？　高そうな豆使ってますよ、恵次」

「もらうもらう」

門原の分もカップを用意しようと振り返った奏汰は、まだ濡れ髪のまま、いかにも風呂上がりですという姿でソファに座る相手に、つい視線を止める。門原は恵次のパジャマを使っていて、シルク素材の肌触りがしっくりこないのか腕まくりで、ボタンも真ん中あたりのふたつしか止めていない。全然似合っていなくて、なのにやたら、恰好よく見える。

恰好いいというよりも、何かこう、ひどい色気があった。

「ん？」

まじまじと自分を眺める奏汰に気づいて、テレビのリモコンを手に取ろうとしていた門原が振り向く。

「あ、ミルクとか砂糖とか、どうするかなと思って」

「ブラックでいいけど、お湯足して薄めにしてね、アメリカン」

「え⁉　すごくいい濃さに入りましたよ、深みはあるけど苦くはない、おいしい豆なのに」

「いや俺だって濃いのが好きだけど、今まで飲み過ぎたせいで最近強めのカフェイン取ると心臓がバクバク言うんだよね。年かな？」

「せめて牛乳で割ってカフェオレにしましょう」

「カフェオレ嫌いなんだよ、男は黙ってブラック」

「せっかくうまく入ったのに……」

ぶつぶつ言いつつも、奏汰は門原の希望どおりコーヒーを湯で薄めて、カップを渡した。

「恰好悪いでしょ、おじさんになるってこういうこと」

コーヒーを受け取りながら、門原が笑って言う。

おじさん、というのは門原の半ば口癖のようなものだったが、今の奏汰はその言葉を聞いて少しだけぎくりとした。

（何だか、釘を刺されている気がする）

もともとそれが口癖になっているのは、夜の仕事の女性たちをその気にさせないための保険なのではと察していた。

奏汰にも、そういう意図を持って、門原が接しているような。

（俺、そういう態度を出してたかな）

ソワソワしていた腹の中が、急に冷たく、重くなる。

（だとしたら、気をつけよう）

——恵次に関して唯一幸運だったのは、奏汰の初恋が彼であったことに、恵次本人を含めて誰にも気づかれずに、子供の頃のごくごく短期間で終わったことだろう。

今となっては、「子供だったからといって、何て馬鹿なことを」と自分を殴りたい気分で一杯だったが。

親戚中に邪険にされても、そういう大人の言葉を聞きかじった子供たちに「どうせ金目当て」「だらしない女の子供」「騙して結婚した」といじめられても、恵次だけは「奏汰をいじめていいのは俺だけだ」と庇ってくれた。

たったそれだけのことで、よりによってあの従兄にほのかな恋心を抱いてしまったのは、自分がそもそも同性を恋愛対象にする人間だったからだ——と、思う。多分。

（何しろ、女の子だろうが男の子だろうが、まともに好きになった経験がないもので）

従兄に対する感情が「恋だったのでは」と思い至ったのは、中学生になって、テレビやインターネットなどでみかける女の子アイドルより、男性芸能人を見ている方が楽しいのだと気づいた時だ。

といっても、男性の裸を見て性的な興奮を覚えるというところにまで到らず、「あれ、俺、もしかして女の子よりは男の方が好きなのか？」くらいの意識でしかなく、恵次についても、「あの性格なのに好意を持っていたのは、そういうことだったのかもしれない」と考えているだけだが。

門原に対して感じるのは、子供の頃に恵次に感じていたものよりも、もう少しはっきりした好意だ。

（俺がそういう気持ちを持ってるって気づいたら、門原さん、ここからいなくなっちゃう気がする）

それは困る。寂しい上に、怖い人たちへの抑止力が消えてしまう。

（本当、気をつけよう……）

それからしばらく、誰の訪問を受けることもなく、奏汰は門原の送迎を受けながら平和に仕

事に通い、恵次のマンションで穏やかな日々を過ごした。

　仕事で少し落ち込むことがあったのは、門原と暮らしはじめていつの間にか半月近くが経(た)とうとしていた頃。

「秋山君、ちょっと」

　遅番なので開店後に店に到着してすぐ、険(けわ)しい顔の店長に呼ばれた。少し嫌な感触を覚えつつ、事務室へと向かう。

　事務室には、休憩中らしき下田(しもだ)の姿もあった。こころなしか口許(くちもと)が笑いを堪(こら)えるようにひくついているので、奏汰はますます嫌な予感を抱いた。

「明日から新作の販売始めることになってたでしょ。今朝便で、その商品が届いたんだけど」

　店長が、事務机の上にある紙を乱暴に掴み上げて、奏汰に言う。

「はい」

「全然僕の指示通りの品が入ってないよ、どうなってるの」

「え」

　納品書を乱暴な仕種で胸に押しつけられた。慌ててそれを受け取ると、奏汰は事務室の端に積まれた段ボールに駆け寄る。

　確認すると、確かに店長に言われた分を奏汰が発注したはずの商品がいくつか入っておらず、届いた中でも半分以下の数しか入っていないものがほとんどだった。

「何で……」

「何でって、こっちが聞きたいよ、まったく。予約分はちゃんと届いてるからまだいいけど、カタログ見て楽しみにしてくれてる人もいるのに。どうするんだ、信用を失うぞ」

いつもわざとらしいほどにこやかな店長が、珍しく怒気を隠さない表情でそう叱責してくる。

「――すみません。今すぐ、再発注します」

「店長、やっぱり秋山君に発注任せるの、まだ早かったんじゃないですか」

その場で話を聞いていた下田が、神妙な表情で口を挟む。

「そうは言っても、僕が書いた型番と数字を入力するだけだぞ？　小学生だってできる仕事だ」

「集中力っていうか、やる気がなかったんじゃないですかね。ここしばらく、秋山君妙に浮かれてるみたいで、へらへらしてたし」

そんな態度を自分は取っていただろうか。奏汰は項垂れて、嫌味たっぷりの下田の言葉を聞く。

（そんなに門原さんと一緒にいるのが楽しくて、浮かれてるように見えたのかな）

だとしたら、本当に自分の落ち度だ。思っていた以上に舞い上がっていたに違いない。仕事が手に付かないほど――。

「申し訳ありません」

「まあね、来なかったものは仕方ないからね。早めに経験を積ませた方が伸びると思ってやらせてあげたけど、考えを改めないといけないかな。秋山君は新人にしたって売上数もいまいちだし――」

「俺はとりあえず、向こうで再発注の電話してきますね」

座っていた椅子から立ち上がる下田を、奏汰は急いで止めた。

「いえ、俺の責任なので俺が連絡します」

「秋山君さあ」

下田が、芝居がかって困ったような笑い顔を奏汰に向ける。

「しでかしちゃった人に、任せられるわけないだろ？　子供じゃないんだから、聞き分けてくれよな？」

どれだけ皮肉を言われても引き下がるところではない。奏汰はさっさと事務室を出ようとする秋山の腕を摑んで止めた。

「子供ではありませんので、責任を持って俺がしてきます」

「おい、ちょっと――」

納品書を摑んだまま廊下に出て、歩きながら、本社の商品管理部に電話をかける。ショップと自分の名を名乗って事情を説明すると、思ってもみない答えが返ってきた。

「……え？　元から納品予定がなかった……ですか？」

『ええ、そう連絡しましたよ。今回事前予約が多いのと、毎年人気の定番が主なので、大規模店舗に優先的に納品することになったんです』

——たしかに人気商品は都心の大規模店舗、特に百貨店に出店しているところを優先して、それ以外の場所では希望通りの納品にならないこともあると、聞いたことはあったが。

『そちらには私から連絡したので、確実です。えっとたしか、下田さんが受けたはずですけど』

足音がして振り返ると、まだ怒りを滲ませた様子の店長が大股に近づいてきて、その後ろに事務室の入口で強張った顔をして立ち尽くす下田の姿が見える。

「おい、連絡なら下田君がするって言ってるだろう」

すっかり気分を害している店長に、奏汰は無言で自分のスマートフォンを手渡した。引ったくるようにそれを受け取って、店長が電話を引き継いだ。

奏汰は事務室の方へ戻る。下田がそそくさと廊下に出ようとする気配を察して、奏汰はその逃げ場を塞ぐようにしながら部屋に入った。

さすがに気まずいのだろう、下田は奏汰から顔を逸らしつつも、平然とした表情で黙っている。

電話を終えた店長が戻ってきた。

「何だ、連絡の行き違いだったみたいだな！　もう追加生産に入っていて、うちにも来週から発注分届くそうだから、お客様にはそう説明してくれ」

「あの。では、俺に落ち度はなかったってことでいいですか」

店長は奏汰を頭ごなしに叱責した分気まずいのか、それとも誤解を謝ることが嫌なのか、有耶無耶に話を終えようとしている。

せめて自分のミスではなかったことくらいは念を押しておきたくて言った奏汰に、店長は露骨に気分を害したように顔を顰めた。

「発注した責任で、最後まできちんと伝達してくれないのは困るんだよ」

「いえ、でも、連絡を受けたのは俺じゃなくて——」

「人のせいにするんじゃない！　発注っていうのは数字を書いて終わりってもんじゃないんだぞ！」

声を荒らげて言うと、店長は事務室を出て行ってしまい、奏汰は呆気に取られた。

笑い声に振り返れば、下田が肩を揺らしている。目が合い、笑いかけられた。

「もうちょっとしっかりしなよー、秋山君」

「……」

奏汰の肩を叩き、勝ち誇った顔で下田も事務室を出ていった。

「……いやー……」

追いかけて何か言う気も起きず、笑顔で売り場に立つ気分になれるまで数分間、奏汰は事務室でぼんやりと過ごしてしまった。

どうも、奏汰の元気がないようだ。

いつもどおりマンション最寄りの駅まで迎えに行った時、改札から奏汰が出てくる前に、門原はそれに気づいた。

いつもであれば、奏汰は門原をみつけると、ふわりと優しい笑顔を浮かべる。

いかにも嬉しそうなその表情を見るのがそこはかとなく照れ臭いのと、少し罪悪感を覚えるので、そんな相手の反応に門原は気づかないふりを貫いていた。

だが今日は、考えごとをしているのか、目を伏せて改札機を通り過ぎるまで、門原の方を見なかった。

「奏汰」

自分の前まであと数歩というところで、門原は奏汰の名前を呼んだ。奏汰が面喰らったように顔を上げる。

「あ……びっくりした」

「おっと、危ない、後ろ」

急に立ち止まった奏汰に、真後ろにいたサラリーマンが勢いよくぶつかって、奏汰がよろめく。危ねえな、と舌打ち交じりにサラリーマンが去っていき、門原は「悪いね」とその後ろ姿に声をかけた。

「すみません」

「いやいや」

今日はスーパーに寄る予定ではなかったので、門原は奏汰と並んでまっすぐマンションに向かう。

「そういえば駅ナカの空き店舗、和菓子屋になってましたよ」

「へえ」

歩きながら、思い出したように話し始めた奏汰の様子は、普段とそう変わらないように見える。

「朝見かけたから、帰りに何か買おうと思ってたのに、すっかり忘れてたな……」

しかし声が、ほんのわずかだが沈んでいるように聞こえた。

(まあ、何かあったのかとか、こっちから余計なこと聞かなくても)

悪い癖は出さないぞと、門原は自分を戒める。

落ち込み、傷ついた人間は、手を差し伸べようとする相手に過剰に縋ることがある。奏汰もそういうタイプだったら、少し困る。

ここ最近、奏汰が自分を見る目に、最初よりもずっと親近感と、そして色気のようなものを感じるので、気をつけた方がいい。

（この子、ゲイだったのかな？）

夜の商売をしている人たちを間近で見てきたせいで、相手の性的指向や個人的な嗜好について、他の人、少なくとも一般的な税理士よりは察しやすくなってしまった。

その門原から見て、奏汰が「そう」であるとは、すぐに気付けなかった。何しろ奏汰には、男にしろ女にしろ、色恋沙汰の気配が微塵もなかったのだ。性的な経験がなさそうなのは、まあ見てすぐにわかったが、だからこそどういう相手に恋愛感情を抱くのかが把握しきれなかった。

（たとえゲイだとしたって、泊まり込みなんてするべきじゃなかったとは思わないけど……）

たとえどれだけ綺麗で、どれだけ肉感的な女性が相手でも、門原は相談相手と懇ろにはならない。基本的には。

人からはお堅いと言われるし自分でもそうだろうなと思うが、体だけの関係とか、寂しいから慰め合うとか、そういう付き合い方ができないのだ。しかも悩みごとで弱っている相手につけこむような真似は、どうしても無理だった。

とはいえ門原も妻に逃げられた独り者で、恋愛をしない気などはさらさらないので、二度ほど夜の仕事をしている女性と恋人関係になったことはある。

真面目なつき合いのつもりだったので、浪費癖や借金、いわゆる毒親の支配から逃れるための助言や手伝いをしていたら、二人とも一人でも逞しく生きて行く術を身につけ、門原に感謝しながら去っていった。

そんな経験もあって、次に恋に落ちるなら、自分の手助けなど必要のない、最初から独り立ちができている人と、と決めていた。

なので奏汰の性別をさておいても、彼とそういう関係になるつもりは毛頭ない。

(その気にさせるのも気が引けるし、気をつけないと)

などということを、奏汰と歩きながら門原は考える。

「門原さん、白あんの饅頭が好きって言ってたじゃないですか、オープン記念に特別価格って書いてあったから」

「おー、いいね。あとあれも好きよ、みたらしだんご。あんこが乗ってるのも。ただしこしあんに限る」

「こだわるなあ、本当に和菓子好きなんですね」

奏汰が笑った。門原と話しているうちに、段々と気持ちが上向いてきたように見える。

元気が出たのならよかった、と門原も奏汰を見て目許を和ませた。

「明日こそ、忘れずに買ってこよう」

「奏汰は間食しないって言ってたっけ?」

「あんまり。甘い物が得意じゃないし」

「そっか。生クリームなんか好きなら、ケーキでも買ってあげようと思ったのに」

「え、何でです?」

「元気なかったみたいだからさ」

奏汰が小さく目を瞠る。

それから困ったような、嬉しいような、複雑な表情で笑った。

「そんなでもないんだけど」

「うん、改札出てくる時は死んだ目してたのに、今はいつもどおり」

いつもどおりソワソワと嬉しそうだ——というところまでは、言及しない。してはいけない。

(聞かないつもりだったのに)

門原の好物を知って嬉しそうな奏汰が可愛らしいので、つい、甘やかしたくなってしまった。

悪い癖を出さないぞと、思った矢先でこれだ。

(でも、どうも世話焼いてやりたくなるんだよな、この子。最初に会った時からそうだけど)

でなければ、マンションにいてやろうかなどと、そもそも申し出たりしない。

「仕事で嫌なことあったけど、門原さんと話してたら忘れた」

「接客だよな。クレーマーにでも遭遇……いや、まさか誰か店に来たりしたのか?」

はっとして門原が訊ねると、奏汰が慌てたように首を振る。

「違います、だったら、言われたとおり門原さんにすぐ連絡しますよ」

「そっか、ならいいんだけど」

話しているうちに、マンションまで辿り着いた。

「あれっ、何かいい匂い」

「今日は俺が夕飯作るって言っただろ」

奏汰が仕事に出掛けている間に、簡単な夕食を作っておいた。魚の煮付けに野菜たっぷり味噌汁に、ほうれん草入りの厚焼き卵と、出来合いの漬物。

あまり凝ったものにしたら奏汰にプレッシャーをかけそうだからと、手早く作れるものにした。

それでも奏汰は、門原が料理を温め直して盛り付ける様子を見ていた。手伝うと言われたが、奏汰の盛り付けは「皿に食べ物が載っていればそれでいい」というレベルのものだったので、今回ばかりは門原が全部請け負った。

「すごい、すごい、料理屋みたいだ」

「器がいいからな、上等に見えるんだよ」

さすが秋山恵次のキャビネットにしまわれていた皿は、一人暮らしの男性が揃えるにしては嫌味なほどいいものばかりだ。

お互いテーブルに向かい合って箸を持つ頃には、奏汰はすっかりご機嫌だった。

「何かもう、すごく、まっとうな感じ」

おいしいおいしいと喜んで食べてくれるので、門原もまったく作った甲斐があるというものだ。

「まっとうかあ」

「うん。人として正しいもの、って……感じ……」

笑って答えた奏汰の言葉が、途中から急に暗くなった。かすかに溜息までついている。

「どうした？」

首を傾げて問いかけた門原に、奏汰が我に返ったように取り繕った笑みを見せる。

「いや、まっとうじゃないけど成り立つものに対して、どう立ち向かうべきなのかなあとか、考えちゃって」

「仕事のことか？」

こくりと、奏汰が頷いた。

「門原さんの顔見ておいしいご飯を食べたら忘れた気がしてたんだけど、どうもすっきりしないみたいで……ちょっと、聞いてくれますか？」

「いいよ」

奏汰は食事の合間に、ぽつりぽつりと今日の職場であったことを話し始めた。

奏汰に対して最初から当たりのきつい先輩と、新入社員だからと頭から奏汰を信用してくれない店長のこと。

「納品数のことを店長に伝え忘れたのに焦って俺のせいにしたのか、最初から俺のミスをでっ

ち上げるために意図的に黙ってたのかまでは、わからないんですけど」

「どっちにせよ、たしかにまっとうな社会人の対処じゃないな」

「今日だけじゃなくて、日頃から俺が接客してたところに割り込んできたり、自分がレジ打ってる時にプレゼント包装を俺に頼んで、お客様の希望と違うラッピング方法を指示して、自分が大袈裟にお客様に謝罪してみせたりして……」

「セ、セコい」

「でも傍から見てれば、俺の失敗じゃないですか。先輩がこう指示した、って釈明すれば、店長は言い訳しなくていいから次しっかり頑張ろう！　とか……そういうのの繰り返しで、店長の中では俺の方が自分のミスを人に押しつけるセコい人間になってしまってるみたいで、日増しに態度が邪険になってきて」

　もう一度、今度は大きな溜息を奏汰が吐き出した。

「自衛しようにも、こっちはまだ仕事を覚えるのが精一杯の時期なんだ。俺自身のミスがまったくないとも言えないから、それに関しては叱らずに励ましてくれる店長の方針は正解かなとも思うし……」

「でもまあ、見る目ないよな、店長」

「先輩の方がショップでは古参だから、頼ってるところもあるみたいです。頭っから向こうを信用して、新人は『失敗するもの』と決めてかかってるというか……でもそれはそれでそのとおりなんだよなあ……」

　証拠の残らないタイプのパワハラは、地味にストレスが溜まり続けるものだろう。

「仕事に慣れてくればうまい躱し方も思いつくだろうから、自分が頑張るしかないのか……」

　とうとう奏汰の箸が止まり、俯いてしまった。小さく洟を啜る音がする。涙が落ちてまではいないが、滲んでいるようだった。

「どの世界にもそういう手合いはいるもんだけど、他にたくさんいるからって、嫌がらせをされてる本人の慰めにはならんよなあ」

　門原も一度、箸を置いた。奏汰の頭を撫でてやりたかったが、生憎一人暮らしのマンションのくせにダイニングテーブルが大きくて、向かいに座る奏汰には門原の手が届かない。

「理由に心当たりもないんですよ。知らないうちに何かしら相手の地雷踏んでたとしても、でも、さすがにお客様を巻きこむのは、ない。ラッピングもそうだし、入荷するって告知しておいて品物がないとか。……俺は自分の勧めてるところ、学生時代から本当に好きで、いかにも金のないふうだったのに全然嫌な顔せずに接客してくれるスタッフにも憧れて、だから滅茶苦茶頑張って対策して就職試験に臨んで受かって、嬉しかったのに」

　――どうも自分は、奏汰の「嬉しい」という感情に弱いらしいぞと、話を聞きながら門原は気づく。

　嬉しかったのに今は悲しがっている奏汰を見ると、腹が立つ。勿論、こんな真面目で一生懸命でまっとうな子につまらない嫌がらせをする輩にだ。

「こう言っちゃなんだけど、謂れのない嫌がらせとか皮肉とか、慣れてるんですよ。親戚からもそんな扱いだったし、学生時代だって俺のわからない理由で俺に絡んでくる人が男女問わずにいて」

それは多分、奏汰の容姿と性格のせいだ。奏汰はあまり自分の見た目に頓着していないようだが、奏汰に好かれたいのに興味を持たれない人間は、嫌がらせをしてでも自分を印象に残したいと、意識的にせよ無意識にせよ考えてしまうのだろう。

子供のようなやり口だが、そうやって人の気を惹こうとするタイプは、嬢にも客にもよくみかける。

(奏汰自身は、勉強とバイトに明け暮れて友達がいないって言ってたけど、この子と仲よくなりたい奴は、いくらだっているだろうよ)

もしかしたらその先輩とやらも、そんな理由で奏汰に絡んでいるのかもしれない。あるいは単純に、イケメンに対する引け目や被害妄想のせいか。

「俺が気にしても仕方がないところだろうなと思うから、やり過ごしたいんだけど。『何でこんなことを』とはやっぱり考えちゃって、考えると、すごく落ち込んで……」

「それこそ、まっとうな人間の感情だよ」

俯いたままの奏汰を見ていられなくて、門原は結局立ち上がり、奏汰の隣に移動した。よしよしと、頭を撫でてやる。

奏汰は驚いたように顔を上げ、その目がやはり赤くなって、少し濡れている。

（可哀想に）

社会に出てまで、そんな子供染みた意地悪をされるなどと、想像もしていなかったのだろうか。

「奏汰の職場を直接知ってるわけじゃないから、月並みなことしか言えないけどさ。とにかく何か頼まれたら復唱して確認、メモでもいいから細かく相手に言われたことを記録しておく、あとは多分そういうタイプは面と向かって正論でやり返すと逆上するから、その場では気にしてる様子を見せずに」

「……あー、俺、今日は思いっきり『俺のせいじゃないですよね』ってことを主張してしまった……」

撫でる手が心地好いのか、奏汰がゆるく目を閉じて、門原の掌に頭を寄せてくるような仕種になる。

「自分の責任ではないところでは謝らなくていい、謝ると相手は奏汰を殴っていい相手だと思ってつけ上がる。ただ事実を確認するんだ、『そうですか、俺が発注をかけて、先輩が変更の連絡を受けたんですね』って。相手は『だから何だ』って気を悪くするだろうけど、どうせもう心証が悪いなら、気にすることない。こっちは気づいてるんだぞと無言で圧力をかけて、相手が大人しくなれば成功だし、生意気だとエスカレートすればボロを出す」

「なるほどー……」

奏汰はすっかり門原の方に凭れ、腹に頭を預けている。門原がさんざん奏汰の頭を撫で回しているせいだ。

「っていっても、その間奏汰のストレスは溜まり続けるだろうし、もっと巧妙な嫌がらせを相手が思いつくかもしれないし」

「……うう」

「そしたらまあ、おいしいご飯を作ってあげるので、元気出しなさい。根本的な解決にならないことでも、少しずつ溜まるストレスは場当たり的でも少しずつ発散しないと」

「……門原さんは、頼りになるなあ……」

奏汰の声音がどこかうっとりとしている響きに聞こえて、門原は急に後ろめたくなった。

こんなのはすべて、当事者ではないから言える一般論だ。奏汰よりは年齢の分人生経験があるからもっともらしく言えるだけで、そう尊敬されることでもない。

なのに奏汰はすっかり門原の言葉に聞き入っている。

「だから――まあとにかく、メシを喰おう」

最後に少し荒っぽく奏汰の頭を揺すって、門原は自分の椅子に戻った。

奏汰は門原のせいで髪をくしゃくしゃにして、笑っている。

「はい。今日、俺の不味くも美味くもない料理じゃなくて、よかった」

冗談めかした口調で言いつつ、奏汰の眼差しには感謝と尊敬と、あきらかな好意が溢れている。

門原は少し、笑い返す顔を引き攣らせてしまった。

6

門原に仕事の愚痴は言わないようにしようと思っていたのに、結局洗いざらい話してしまった。

食事や後片付けを終えて門原は寝室に戻り、奏汰はソファで毛布にくるまりながら、何とも言えない吐息を漏らす。

――おまけに、また、みっともなく泣いてしまった。

(子供扱いだったよな、完全に)

頭を撫でられた。母からも、小学校低学年以来されたことのない行為だ。

子供扱いは切ないが、撫でられるのは気持ちよくて、愚痴をこぼした時とは違う意味で泣きそうになった。

(まっとうではない人間が平気で生きてる世界って、しんどいよなあ)

客を巻きこむような嫌がらせをする下田が、店長からは認められている。門原にその話をした時は、もう無性に情けなくて、泣けてきてしまった。

奏汰には下田の言動がまったく理解できないししたくないし、そんな意味不明の人間が自分の身近にいると思うと、悲しい。

明確な理由があって自分を嫌う親戚たちの方が、まだ気持ちがわかる分、仕方がないと割り切れるが。

自分に落ち度があれば改善する以外にないが、どうすれば下田の気がすむのかわからない。わかったとしても、自分がそれに合わせるのは腑に落ちない。自分の取るべき対処法が思いつけないから、無意味に下田にされたことや店長の言葉を思い出してはイライラしてしまった。

（でも門原さんは具体的なアドバイスをくれるし、すごいよな）

門原の親身な言葉と仕種が、本当に嬉しかった。

しかも門原の作ってくれた料理はすごくおいしい。

門原の言うとおり、あれを毎日食べていたら、仕事場での些細なストレスなど簡単に吹き飛んでしまうに違いない。

（でも恵次が帰ってきたら、この生活、終わっちゃうのか）

そう考えると、気持ちどころか体まで重たくなる気がする。

あの従兄にさっさと戻ってきてもらって、門原の友人に突き出して自分とは無関係だと証明させて、怖い人たちとは縁を切る。門原が最初にここに現れて事情を聞いた時、固くそう決意したはずだったのに。

（門原さんと縁が切れるのは、嫌だなあ）

情けないわけでもないのに、目尻からほろりと涙がこぼれ落ちて、奏汰は驚いた。

これは何だろう。寂しい？　でも、それだけではない。

なくなると考えればと寂しいと感じるくらい、今、門原に与えてもらっているものが大事だからだ。

（……きっと、好きになっちゃったなあ、これ）

今まで経験がなかろうが、奏汰はこれが恋というものだと、もうわかった。

こんなふうに感じる相手は他にいない。門原のような男が理想で、今まで出会わなかったから、恋ができなかったのだ。

人を好きになれたと実感するのは、奏汰にとって思いのほか嬉しかった。門原に出会って以来、嬉しいことばかりだ。

（ありがとう、恵次兄さん。再会したら殴るけど）

門原と知り合えた切っ掛け自体はまったく嬉しいものではなかったが、それはそれ、これはこれだ。

（でも門原さんからは全然そういう目で見てもらえてないのは、すごくわかるんだよな）

親切にしてくれるのは、奏汰の境遇が気の毒だったせいだ。

門原は人の世話に慣れすぎている。

（俺が綺麗で経験豊富な女の人だったら、門原さんを誘惑したり、できたんだろうか）

門原が女性だけを恋愛対象にしているのかすら、未熟な奏汰にはわからない。こんな時に相談できる人もいない。まさか門原自身に話を聞いてもらうわけにはいかない。聞いてくれる気はするが、話した瞬間から完全に望みは絶たれるに決まっている。

奏汰だって、自分が対象の恋愛相談を誰かにされたら、馬鹿じゃないかと思うだろう。

（門原さんの好みって、どんな感じだろうな……）

せめてそれくらいは聞き出せたらいいなと、ほのかな望みを抱きつつ、奏汰は眠りに就いた。

翌日は平日だが奏汰の仕事が休みで、門原も特別に用事はないと言い、二人して朝からのんびりと過ごしてしまった。

門原はパジャマのままダイニングテーブルで持ち込んだノートパソコンを開いていて、奏汰はその向かいでファッション誌に目を通している——ふりで、少し眠たそうに欠伸をする門原を眺めたりしている。

ふと気づけば、そろそろ昼時だ。

「門原さん、それ、仕事ですか？」

「ん？　いや、メールチェックしてただけ」

「昼、外に食べに行きませんか。今日いい天気だし、ちょうど食材切れてるし」

週に二度の奏汰の休日、いつもなら前日の夕飯の残りを食べたり、パンで簡単にすませたりするが、今日はどれも二人分には足りない。

どちらにせよ買い物には行かなくてはならなかったが、どうせ出掛けるのなら、門原と一緒だったら楽しいのではと思ったのだ。

「そうだなあ、散歩がてら出掛けるか」

門原もすぐに応じてくれて、奏汰は軽く舞い上がった。恵次が帰ってきた時のために、休日はなるべく家にいるようにしていたから、もしかしたら断られるかと思っていたのだ。

着換えてくる、と門原は寝室に戻り、奏汰も急いで部屋着を脱いだ。自分の勤めている店で買った服を身に纏う。

(見た目シンプルだし、そんなに気合い入れてるように見えないよな?)

せっかく門原と出掛けるのだから気に入った服にしたいが、一人で浮かれ張り切っていると気づかれたら恥ずかしい。

(いや、まあ、出勤する時と同じなんだけど)

接客の時は、なるべくその時期に売りたい新製品を着るのだが、今日は一番自分に似合っていると思うシャツやパンツを身につけ、普段は勿体なくて使わない別のブランドのボディバッグとブーツも身につけることにする。

寝室から出てきた門原は、いつもと代わり映えしないシャツとスラックスで、全体的に少しくたびれた感じがするのだが、そこがまた恰好いいんだよなと奏汰は思う。

「お待たせ、じゃ、行こう」

「はい」

門原と一緒に部屋を出る。エレベーターに乗り込んだ時、ちらりと、門原が奏汰を横目で見た。

「今日は奏汰、いつもと何か違うな」

「そ……うですかね、大体一緒だと思うけど。自分のとこ以外のも着てるからかな」

門原はあまり若者のファッションに敏感な方ではないと思っていたが、奏汰の恰好に違和感を覚えたようだ。やはり張り切りすぎただろうかと内心焦りつつ、なるべく平然と答える。

「近頃の子はオシャレだなあ」

感心したように言う門原が、内心どう思っているのだろうかと、奏汰は落ち着かなかった。単純に褒めてくれているのか、男なのに身なりを構っていることに隔世の感があると言いたいのか。

「変ですか？」

「いや、全然。可愛いと思うよ」

「……そうか」

可愛い、とはっきり言われて奏汰はひたすら照れた。どうやら褒めてくれた方だったらしい。

ている。

にやつくのを抑えようと唇を引き結ぶ奏汰を見て、門原の方も笑いを堪えるような表情になっ

「何ですか」

「いやいや──」

門原が答える前に、エレベーターがエントランス階に着いた。

もしかしたら別に褒めているつもりもなかったのに、ニヤニヤしているのを笑われたのかと不安になって、奏汰は先にエレベーターを降りた門原を小走りに追いかける。

門原はエレベーターホールからエントランスに出たが、奏汰がその隣に並ぼうとする前に、右腕を上げてそれを制した。

「門原さん？」

どうかしたのか、と訊ねるより先に、奏汰も気づいた。エントランスに、アロハシャツの男がいる。

以前もここに姿を見せた、恵次を追っている門原とは別口から派遣されたチンピラだ。

「あれ、お出かけっすか」

男は今しもインターホンで恵次の部屋を呼び出そうとしていたところだったようだ。

「ちょうどよかった。門原先生には何度も言ったけど、そろそろ本気で、うちの兄貴の血管が切れそうなんでね。本当に秋山の野郎が戻ってきてないか、ちゃんとこの目で確認させてもら

おうと思って」

「俺も何度も言ったけど、秋山はまだ戻ってないよ。戻ったらすぐ連絡するって言ったの、信用されてないなら、悲しいなあ」

門原は彼らが無闇にマンションを訪れたり、奏汰に不利益な行動を取ったりしないよう交渉してくれているとは言っていたが、もしかしたら自分が思っているよりも頻繁にそれを繰り返していたのではないか。奏汰は今さらそう気づく。だからこの半月、奏汰は平和に暮らせていたのだ。

奏汰も最初の数日は、伯母や他の親戚経由で恵次にどうにか連絡を取ろうとしていたが、恵次が適当な理由で取り次がないよう根回ししたのかいつも以上に素っ気なく電話を切られ、こしばらくはその努力も忘れていた。

(門原さんとの同居生活に、浮かれすぎてた……)

正直なところ、彼らの存在など奏汰の念頭から吹き飛んでいた。何なら恵次なんて帰ってこなければいい、と薄々願っていた気すらする。

「限度ってもんがあるでしょうよ、あいつが高飛びしてからどれだけ経ったと思ってんだ。二、三日だって秋山の奴がヘラヘラ生きてると思うだけで俺もムカつくんだ、一ヵ月も逃げられっぱなしじゃ、いい加減兄貴の面子だって丸つぶれだよ」

そういえば、恵次が海外に行ってから、もうそのくらい経つのだ。楽しい日々が過ぎるのが早すぎて、そんなことすら意識するのを忘れていたことに、奏汰は愕然とする。

（恵次、まさかこのまま帰ってこないつもりじゃないだろうな……？）

従兄の性格からして、自分の与り知らぬ場所で自分の立場が悪くなっていくような状況は耐えられず、こっそり確認しにくると、そう踏んでいたのに。

「とにかく何かしら手土産がないと、こっちだって不機嫌な兄貴に半殺しにされそうな勢いなんだよ。――おい、てめぇ」

ぎろりと、男が門原から奏汰へと視線を移して睨みつけてくる。

「いっぺんくらい兄貴に挨拶しに来いや、何も知らないから無関係だとか眠たいこと言うのが通用するのもそろそろ終わりだぞ」

「この子にはちょっかい出さないって話になったと思うけど」

門原は少し身をずらして、さらに奏汰を相手の男から庇うような位置取りになる。

「今のところは、って話だろ。秋山が必ず戻ってくるとか調子のいいことを言うから、兄貴だって当面は我慢するって言ったんだよ。永久に見逃すとは言ってねえ」

男が奏汰の方へ足を踏み出す。

「奏汰、部屋戻ってろ」

振り返らないまま門原が言い、だが奏汰もすぐにわかったなどと頷けず、いっそ警察を呼んだ方がいいのではとポケットに手を伸ばした。

「おい、サツにチクればてめぇの家族だの職場だのが無事でいられるとは思うなよ」

奏汰の仕種に男がすぐに気づいて、凄まれる。門原が強めに肘で奏汰の体を後ろに押し遣った。

「いいから部屋に戻ってじっとしてろ、ここは俺が収めるから」

「ふざけんな、弁護士だが弁理士だか知らねえけど、あんたこそ関係ねえだろうが！　いつだって何かあればしゃしゃり出てきやがって」

「わかったわかった、話なら向こうで聞くから。ここ、警備会社が監視中だから。警察じゃなくても、誰か来たらややこしいだろ？」

低い声で脅しつけるように言う男に怯んだところも見せず、穏やかに言いながら、門原は「早く行け」と奏汰を追い払うような仕種をしている。

「でも……」

「奏汰がいたんじゃ、まとまる話もまとまらない」

それでも動けない奏汰に、門原が少し厳しい口調になった。揉めごとにも荒事にも免疫のない自分がいるだけ門原の交渉の邪魔になると、奏汰はようやくオートロックのかかるエレベーターホールの方に駆け込んだ。

「待ちやがれ、てめえっ」

「はいはい、外で話そうね」

門原が男の肩に腕を回し、強引な力でマンションの外へと出て行く。目の前の道を折れて、二人の姿はすぐに見えなくなった。

追いかけたい気持ちを我慢して、奏汰はエレベーターに戻った。

(どうしよう、でもやっぱり、警察呼んだ方がいいんじゃないのか)

警察なんて呼んだところで、ひどい嫌がらせに発展するだけだと、これまでにも門原から繰り返し念を押されている。法律だの常識だのが通じないから、やくざ者と呼ばれる存在なのだ。

どうしよう、どうしようと、混乱しながら、とにかく門原に言われたとおり部屋に戻る。だがのんびり待っていられるわけもなかった。部屋の中をうろうろと歩き回り、無意味にソファに座ったり立ち上がったりするうち、「門原さんがあのヤクザに乱暴なことをされたらどうしよう」と想像したらたまらなくなって、リビングの片隅においてあった恵次のゴルフバッグに駆け寄るとドライバーを引っこ抜く。

それを持って玄関に向かい走り出した時、玄関の鍵が外から開けられた。

咄嗟にドライバーのグリップを両手で握り直したが、ドアを開けて姿を見せたのは門原だった。

「おう、どうした、勇ましいな?」

門原はドライバーを手にした奏汰を見て、目を丸くしている。

だが奏汰は目を丸くするどころではなかった。大きく口を開け、なのに叫び声は出なくて、妙な呻き声を漏らしてしまう。

「か……門原さん、それ……」

門原は鼻血を垂らし、切れた唇の端からも血を滲ませ、右目の周囲を紫色に腫らしている。あきらかに暴力を受けた顔だ。奏汰はドライバーを投げ捨てて門原に駆け寄った。

「大丈夫ですか⁉　びょ、病院……」

「大丈夫大丈夫、ちょっと手が当たったくらい」

門原は笑ったが、そのせいで傷が痛んだのか、軽く顔を歪めている。

奏汰はもう、泣きそうだった。

(俺のせいじゃないけど、絶対俺は悪くないけど、でも、俺のせいだ)

恵次の所業に奏汰は一切関わっていないが、少なくとも縁戚関係にある自分に比べたら、門原の方がはるかに無関係だ。

(門原さんがこんなことされる理由なんか一個もないのに)

あるとしたら、奏汰を庇ったからだとしか言いようがない。

「顔くらい洗った方がいいかな」

門原は洗面所に向かおうとしている。奏汰は腕を引いてそれを止めた。

「門原さんは座っててください、タオル濡らしてきます」

「汚れるよ」

「恵次のだ、汚して何が悪いっていう」

「うん、そりゃそうだな」

門原はおとなしくリビングに向かった。奏汰は洗面所でタオルを引っ張り出して水に濡らす。

(本当に殴られたりすることがあるなんて、考えてなかった……)

親戚の子供に小突かれたり、転ばされたりしたことくらいは大昔にあるが、本気で自分を傷つけようとする相手に出会ったことが、奏汰にはこれまで一度もない。誰かと殴り合いの喧嘩などしたこともないし、見知らぬ人間に難癖を付けられた経験くらいはあっても、せいぜい怒鳴りつけられたり肩を押されたりするくらいで、顔を腫らすほどの暴力を受けた覚えはない。

だから、いかにもチンピラ風の男が押しかけてきたところで、「殴られたら嫌だな」と頭で考えても、実際殴られる痛みや恐怖を実感していなかった。

ましてや門原がそんな目に遭う心配など、していなかった。

(馬鹿だ)

自分が怖がったばかりに、門原はこの家に残ってくれた。

(やっぱり、俺のせいだ)

自分が門原と一緒に暮らすのが楽しくなってしまったばかりに、門原をひどい目に遭わせてしまった。

奏汰は濡れたタオルをいくつも握り締めて、門原の傍に急いだ。門原はティッシュを持った手で鼻を、反対の掌で頬を押さえて痛そうに顔を顰めていたが、奏汰に気づくと何ごともなかったかのように頬からは手を離している。奏汰は門原の前に膝をついた。

「これ、使ってください」

「ありがとうな」

門原が奏汰からタオルをひとつ受け取って、顔を拭った。鼻血はもう止まったのか、ティッシュを離しても鮮血が零れ落ちることはなく、奏汰は少しくらいはほっとする。

「とりあえず、さっきの人にはお引き取り願ったから。しばらくはまたこっちに状況を預けてもらうことで落ち着いたよ」

「……」

本当だろうか、と奏汰は疑った。これまでだって、奏汰が思っていたよりも頻繁にああいう男が門原に接触して、脅しをかけてきたりしたのではないのだろうか。奏汰が出勤している間、門原はいつもどおり自分の事務所にいるというし、門原がそこにいることは周囲の人間も知っている。

「そんなしょんぼりした顔しなさんなよ」

奏汰が目を伏せてしまうと、門原に頭をぽんぽんと叩かれた。

「今回に限らず、こういうことは日常茶飯事なんだよ。俺も自分からいろいろ首突っ込んでるから、人によっては煙たがられてるし」

「……さっきの人、本当に、そんな簡単に帰ったんですか？　そこまでやっておきながら……」

「これの倍はやり返したからなあ」

それはそれで、奏汰は驚いた。門原の当初の印象こそ、テロリストに立ち向かう役柄などと感じたが、しばらく一緒にいれば、門原が実際は温和で優しい男だとわかるのに。

「お互いいたずらに痛めつけ合っても不毛だってところで、合意したんだよ。秋山が戻ってきたらすぐに連絡するっていう方針は変わらず」

「でも恵次が戻ってこなければ、また来るんじゃないですか、あの人。それでまた、門原さんがこんな目に遭わされるんでしょう」

申し訳ないし、悲しいし、悔しい。

門原を好きになってしまったのだろうかという疑問は、もう間違えようもない確信に変わっていた。

好きな人が他人の暴力に晒されるなんて、辛すぎる。それが自分のせいだと思えば後悔しかない。

「……俺、さっきの人の兄貴っていうのに、会って来ます」

「……」

目許と頬をタオルで押さえていた門原が、怪訝そうに奏汰を見下ろした。

「いや、今話しただろ？　しばらくは大丈夫だって」

「次に大丈夫じゃなくなった時に、また門原さんが体を張らないといけないってことでしょう」

「それは別に構わないよ、こういう状況込みで、ここにいようかって俺から言ったんだ。勝手なお節介なんだから、奏汰が気に病むところじゃない」

「気に病みますよ、俺のせいで門原さんが痛い思いするとか」

「奏汰のせいじゃないだろ、元凶は百パーセント秋山だ」

「恵次兄さんは俺の従兄です」

「血が繋がってないんだろ？　というか、たとえ相手が兄だろうが親だろうが、本人じゃなければ責任を肩代わりする必要はないんだ、連帯保証人のサインでもしてたら別だけど」

門原は奏汰を宥めようとしたのか、冗談めかした口調で言うが、奏汰はちっとも笑えなかった。

「ここにいてほしいって頼んだのは俺です。俺があの時、必要ないから帰ってくれって言ったら、こんなことにならなかったのに」

「あのな、本当に、この程度のことはしょっちゅうあって、大したことないんだ。二、三日もすれば腫れもひく、何も骨折したってわけでもないし」

「次はそれくらいの大怪我させられるかもしれないじゃないですか！」

「奏汰」

声を荒らげる奏汰を見て、門原がタオルをテーブルに置くと、奏汰の肩に手を置いた。

「落ち着け。血を見てびっくりしちゃったのか？　でもほら、もうすっかり止まってるし」

「俺が、慰謝料とか稼いでくれればいいんですよね」

自分の鼻を指さしている門原の方は見ず、俯いたまま奏汰は言った。

「――自分が何言ってるかわかってるのか？」

門原の声音が、ぐっと低くなる。門原だったらまず笑い飛ばすだろうと思っていたから、そんな反応に奏汰は内心狼狽した。

だが、引けない。

「わかってます。別に、門原さんみたいに殴られたりするわけじゃないんでしょ」

「無理だって自分が言ったんだろうが。自分の意思ならともかく、売られて犯されるなんて嫌だって」

犯される、という門原の言葉が生々しい。正直なところ、風俗自体の知識がない奏汰にとっては具体的にどういうことをするのかもわかっていなかったが、相手の言いなりになるのなら、つまりはそういう目に遭うということだ。

（でも門原さんが殴られるより、全然マシだ）

「男同士なら本番やっても風営法に引っかからないんだ、当たり前みたいにやられるぞ、おまえ。店に出ろって言われるならまだいい、金満家のヒヒ爺にでも売られてみろ、朝から晩まで犯されまくって体中穴だらけになるんだ、わかってるのか」

「……わかってます」

まったくわかっていなかったが、奏汰は頷いた。

頑固に顔を伏せたままの奏汰の耳に、呆れ返ったような門原の溜息の音が届く。怒りを含んだ声で責められるより、溜息を吐かれる方が、奏汰にとっては身が竦む反応だった。

「絶対わかってないな。そもそもおまえ、童貞の上に処女だろ」

以前も軽口の延長線上のように童貞だろうとからかわれたが、今の門原の口調には、からかうという以上に嘲笑する色が含まれている。奏汰はますます身を縮めた。

「お、俺は、やられる立場なんでしょう？　だったら経験があろうがなかろうが、おとなしく犯されるくらいできますよ」

未熟であることを門原に嘲笑われたことが恥ずかしくて悔しくて、奏汰は不貞腐れた口調で答えた。突慳貪にしていないと、情けない声になってしまいそうだった。

「おまえ、風俗舐めんなよ。嬢たちは仕事として一生懸命客を悦ばせるために、体張って頑張ってんだ。相手満足させられなけりゃ、慰謝料一千万円なんて百年かかっても返せないぞ？」

「じゃあ、勉強します。実地で経験積めば、どうにか――」

はあ……、ともう一度、深すぎる溜息の音がする。

さすがに辛くなってきて、身を竦めながら門原の表情を窺おうとした奏汰は、目を上げた先に相手の顔があることに驚いた。

「ガキが、いきがってんじゃねえよ」

「え――」

今まで聞いたことのない荒っぽい語調で門原が吐き捨てる。そのことにも驚いているうちに、奏汰は乱暴に肩を押されて、勢いよく床に転がった。

「痛て……ッ」

床に背中を打ちつけたが、幸いふかふかのラグが敷いてあるので、反射的に漏れた声ほどは痛くはない。

「じゃあ講習やってやろうか。半端で無様な商品をお客様の前に出すわけにはいかないから、素人には面接の後に講習を受けてもらうんだよ」

にこりともせずに言う門原に、シャツの胸倉を摑まれ上半身を起こされた。せっかく一緒に出掛けるからと着たお気に入りの、手持ちの中でも一番高いシャツ。ほんの数十分前には、「何だかデートっぽくないか？」などと内心浮かれていた自分が、馬鹿みたいに思えてくる。

門原がこんなに怒っている顔を、奏汰は初めて見た。

「――お願いします」

門原が怒っているのと、未知の行為が怖かったが、奏汰は強がって門原を睨みつけた。門原は風俗嬢が苦労して金を稼ぐ姿を見てきた人だ、奏汰が軽い気持ちで「犯されるくらいできる」などと言ったことに、余計腹を立てているのだろう。

睨んだ先で、門原がぎゅっと眉を寄せた。怒っているより困っているようにも見えて、奏汰は戸惑ったが、何か訊ねるより先に門原がさらに奏汰の体を起こさせ、そのまま顔を近づけてきた。

（……あ）

キスされるんだ、と予測したのに、慣れていない奏汰はとっさに目を瞑ることもできず、間近で門原のことをみつめ続けた。

唇が触れると、相手の影が落ちてきて、顔なんてろくに見えなくなる。それでも奏汰は瞼を閉じるのも忘れ、門原の唇の感触を唇に覚えた。

嚙みつくとか、食べるとか、そういう表現が相応しいような行為だった。上唇を唇で強く吸われ、歯を立てられ、動揺しているうちに今度は唇全体を覆うように塞がれる。そのまま呑み込まれるような気がして怖くなり、勝手に背中が反れて、門原から逃げようとしてしまう。

門原は奏汰の首の後ろを大きな掌で摑んで押さえ込み、逃げるのを許さなかった。

「ん……、……っん」

胸倉を摑んでいた手の指で、頰を強く摑まれ口を開かされる。痛みに顔を顰めている間に、口中に深く舌を差し込まれた。

「……んんッ」

驚いてまた身を捩ろうとしても、門原に押さえ込まれていて、逃げ出せない。

（怖い……）

心臓がばくばくと信じがたい速さと大きさで鳴っている。

（……けど、何か……）

まだ汗をかくような季節でもないはずなのに、額や首筋にじっとりと汗が浮かんできている気がする。奏汰は自分がどうすべきなのかわからないまま、ただ門原に唇や舌を奪われ続ける。

（キスって、こんななんだ……）

さすがに触れるだけで終わるものではないと知ってはいたが、こんなに濃密で——背筋が震えるような感覚を与えられるようなものだとは想像もしていなかった。

「ふ、ぁ……」

うまく息ができない。息継ぎしようと喘ぐように唇を開けば舌を引っ張り出され、強く吸い上げられる。

「……ッ」

どうしても体がびくつく。何も考えられず、奏汰は門原にされるまま、縋る仕種で相手のシャツの腕に指をかけた。その指どころか体のどこにもまったく力が入らず、自分が溶けて崩れて床にこぼれ落ちてしまう錯覚がしたが、いつの間にか背中を掻き抱かれていて、門原の傍にとどまった。

舌を吸われ続け、唇から零れる暖かい唾液の感触にも身震いしながら、奏汰は門原の首に両

腕を回した。そうしないと、やはり崩れ落ちてしまいそうな気がした。

「あ……、……」

呼吸が荒くなり、合間に漏れる声が馬鹿みたい甘い。門原のキスは気持ちよくて、気持ちよくて、このまま本当に溶け崩れてしまってもいいような夢見心地になった。

「……門原さん……」

無意識に名前を呼ぶ声が、甘く苦しげに掠れた。

途端、門原の動きが止まる。

「……？」

もっと、してほしいのに。舌も唇も解放されてしまったことが不満で、奏汰は拗ねる心地で門原を見上げる。

門原は奏汰の背中から手を離すと、そのまま、両手で顔を覆った。

「……門原、さん？」

まるで長い距離を走った後のように呼吸を乱しながら、奏汰は門原に呼びかけた。

門原は数秒そのままでいてから、顔から手を外し、改めて奏汰を見た。奏汰はまだ力の抜けている腕をどうにか床に突っ張って、辛うじて体を起こす。

「……傷、痛いんですか？」

両手で覆うほどに。心配になって訊ねた奏汰を見返し、門原が一瞬視線を逸らし、すぐにまた戻して、笑った。

「わかっただろ、一方的に押さえつけられるのが怖いって」

門原はテーブルから使っていない濡れタオルを手に取って、奏太の口許を拭った。

「え……いや……」

そんなことない、とても、ものすごく、気持ちよかった。

――と答えようとした奏太の口を、門原は強引な力でタオルを押しつけて、塞ぐ。

「奏太君、いい子だから、全部おじさんに任せておきなさい」

先刻までの怒りを滲ませた表情など綺麗に消して、門原がいつものように――いつも以上ににこやかに言って、首を傾げた。

「おじさん、乗りかかった船を下りるほど無責任でも薄情でもないから。ね」

「む、んう」

「ね？」

返事を強いる割に、門原は奏太にまともに答える余地を与えてくれない。

奏太はそれが不満で眉を顰め、抗議の唸り声を上げたのに「よし、じゃあ、そういうこと！」と門原は勝手に合点した様子で頷いた。

「さてと、腹減ったな。何だかばたばたしちゃったし、やっぱり家で食べよう。夕食の分もあわせて買い物してくるから、ちょっと待ってて、な」

「……うう」

門原は最後まで奏汰にまともに喋（しゃべ）らせず、さっさと玄関に向かっている。

奏汰は立ち上がろうとするが膝が笑ってなかなか立てず、ようやく玄関に辿（たど）り着いた頃には、門原はとっくに部屋を出ていった後だった。

そして門原は近所のスーパーで買い物をするにしては、ずいぶんと長い時間戻ってこなかった。

7

(あれ、もう一回やってくれないかなあ)

門原にキスをされて以来、奏汰はもう、寝ても醒めてもその時のことばかり反芻するようになってしまった。

何しろ気持ちがよかった。

触れ合っているところもそうだが、胸の奥や腹の底がぎゅっとなって、ぞくぞくと震えが走って、その感触をどうしてもまた味わいたいと熱望してしまう。

(あの先が、まだあると思うんだけどなあ)

風俗の講習、というものを何となくネットで検索したら、情報はいろいろ出てきた。キスだけで終わりなんてことがあるわけがない。

しかしさすがに「続きをお願いします」と頼むことはできなかった。それはなかなか恥ずかしい気がするし、多分門原は頷いてくれないだろう。

(それに俺だって、やり方を教えてもらったとしたって、門原さん以外とやるのは嫌だよ)

勢いで「犯されるくらいできる」と言ってしまったが、撤回するしかない。

あんな深くて密度の濃い触れ合いを、それ以上の行為を、門原ではない人とするなんて、無理だ。嫌すぎる。

（門原さんとなら、いくらでもやりたい……）

仕事で接客中は、さすがに集中しなければと自分を叱りつけ、あのキスのことはどうにかして頭から追い出しはしたが。

店から帰る電車の中でも思い出したし、いつもどおり改札の外で待っていてくれる門原の顔を見たら、ますます生々しい感触ごと思い出さないわけにはいかなかった。

しかし門原の方からもう一度奏汰に触れてくれることはなかったし、今までと変わらず穏やかで当たり障りのない態度で接してくるので、焦れったくなってくる。

「どうしたもんか……」

仕事から帰って、門原手作りの夕食を平らげて、体は満足だが気持ちはどうも餓えている。いや、逆だろうか。おいしい料理を食べて気持ちは満足しているが、体はまだ物足りない、というのか。

「……」

食後のコーヒーは奏汰が淹れて、門原はダイニングテーブルの前でそれを飲んでいる。奏汰はソファに座って、まったく口を付けていないカップを手に、門原のことを無意識にじっと眺めていた。

「……」

食事の間はテレビのニュースを見ながら時事問題についてなど語っていた門原が、食後はもう黙りっぱなしだ。ノートパソコンを開いて画面を眺めているから、仕事をしているのだろうか。それにしては、キーボードにもトラックパットにも触れていない。

「……あのな、奏汰」

口を噤んでいた門原から名前を呼ばれて、奏汰はぱっと目を瞠った。何か用事かと、嬉しくなったのだ。

「はい！」

「いや、そう元気よく返事されても困るというか……」

「はい？」

首を傾げる奏汰に、門原は「あぁー」と唸ってばりばりと自分の頭を掻いてから、立ち上がった。ソファの方へ近づいてくるので、奏汰は自分が犬だったらしっぽをぶんぶん振っているだろうという気分でそれを待ち受ける。

「奏汰、ちょっと、座りなさい」

門原に言われて、奏汰はもう一度首を捻る。

「もう座ってますが」

「ここに」

門原がラグの上に正座して、向かいのスペースを叩く。奏汰も言われるまま、門原の前に正座した。

「何ですか？」

「……。おまえ、まさかとは思うが、仕事先の店でも、ずっとそんな顔で接客してるのか？」

「そんなとは？」

「だから、そんな……もう、何て言うか、そんなんで外歩いてたら、本当に犯されるぞ？」

「え!?」

何を言い出すのかと、奏汰は驚いてまじまじ門原を見た。

門原は至極真面目な、そこはかとなく苦渋に満ちた表情で、奏汰を見返している。

「いくら何でも無防備すぎだ。今また昨日の奴がここに来てみろ、今度こそ拉致られてスケベ爺に売られるか、でなけりゃあのチンピラ自身に犯されるか、その兄貴たちに輪姦されるぞ」

犯される、輪姦されると、門原の口からぽんぽん飛び出す不穏な台詞に、奏汰は圧倒されて身を退く。

そんな奏汰の反応を見て、門原は少しほっとした様子だった。

「ほらな。そんな目に遭ったら嫌だろう？　だから自重しなさい。大体最初から思ってたけど、奏汰はちょっと危機感が薄い上に、状況に流されやすいんじゃないのか？　そもそも従兄の性格に問題があると知っていながら、のこのこ留守番役なんか引き受けて。しかもちゃんと内側からロックしないせいで、俺が中に入れちゃって」

「はあ」

つらつらと門原の説教が始まるので、ここは神妙に聞いておくべきなのかと、奏汰は取りあえず耳を傾けた。なぜ急に叱られているのかはいまいちわからなかったが、わからない辺りを責められている気はする。

「まだまだ若いとはいえ、就職もしてる大人なんだから。もう少ししっかり自分を持ちなさい。でないと職場でも苦労するだろう」

「別に自分が流されてるとは思ってませんけど」

頭ごなしの叱責(しっせき)は、さすがに頭にくる。奏汰はむっとして言い返した。

「充分流されてるっての」

しかし門原も引かなかった。

「昨日キスされて、気持ちよかったんだろ。経験がないからって、いくら何でもチョロすぎる。俺だからあそこで止められたけど、あのままやられちゃってても仕方なかったって、わかってるのか?」

「——そうなんですか?」

あのまま続けて、それ以上のことに到る可能性が充分残されていたということだろうか。

奏汰が思わず前のめりに訊ねると、門原がますます渋い顔になった。

「ほら、何もわかってない。俺は基本女性が好きだし逃げられたとはいえ奥さんがいたけど、そんなことくらいで安心してるんじゃないだろうな？　奏汰みたいに可愛い子なら、性別なんてどうでもよくなるもんだぞ」

「止めなくてよかったのに」

「馬鹿野郎、だからそういうところだって言ってるんだろうが。断固抵抗して、危ない奴からは振り返らずに全速力で逃げるんだ。そもそも近づくんじゃない。身売りしていいだなんて本気で言ったわけじゃないだろう？　見ず知らずの男に抱かれるとか、体だけじゃなくて精神的にもボロボロになるんだ、そんなの嫌だろ」

「そりゃあ、見ず知らずの人に抱かれるのは嫌ですけど」

「ほら、だから」

「門原さんは見ず知らずの男じゃないじゃないですか」

「――」

奏汰の返答に、門原が何か言い返そうとして、言葉が浮かばない――という表情になった。

「門原さんにならいいです。抱かれたい」

今こそ、と思って、奏汰はゆうべからずっと抱いている熱望について口にした。

「お、お、おまえなあ……！」

（あ、また、『おまえ』になった）

昨日から、門原は奏汰を呼ぶ時にいつもは名前か「君」か冗談っぽく「奏汰君」で、それを奏汰は気に入っていたが、「おまえ」呼ばわりされると、何となくどきどきする。門原の素が出ているみたいに聞こえる。たとえば店長や下田に店でおまえ呼ばわりされたら、パワハラですかと訊き返してしまう程度には不愉快だろうが、門原に呼ばれるとむしろ嬉しい。

「それを流されてるって言わずに、何を流されるって表現すればいいんだ。俺だって、ちょっと前に知り合ったばっかりの、ほぼ見ず知らずの相手だぞ。名前も職業も全部嘘かもしれない、本当は俺こそ奏汰を喰いものにしようとしてるとか、考えたことないのか」

「門原さんはそんな嘘つきませんよ」

門原は何を言っているのだろう、と奏汰は可笑しくなった。

「優しい、いい人なのに」

「だから……」

門原が焦れたような様子で、額を押さえている。

「それに、嘘でもいいです。喰いものにされてもいい。それって、俺をそういうふうに扱いたい相手だって思ってくれてるってことでしょう？」

どうやったら門原に好いてもらえるのか、門原の周囲に大勢いるであろう綺麗で経験豊富な女性に勝てるのか、ここしばらく悶々と悩んでいたのだ。

もし門原が自分にそういう意味での魅力でも、旨味でもなんでもいいから感じてくれているのなら、それはただ嬉しいだけだ。

「……駄目だもう、本当これは……野放しにしてはいけない……」

門原がまた手で顔を覆い、ぶつぶつと独り言を言っている。

何を言っているのだろう、と気になって、奏汰は身を乗り出し門原の方へと顔を寄せた。気配に気づいて目を上げた門原と、至近距離で視線がかち合う。

どうしてもキスをしてほしくて、奏汰は自分から目を閉じた。無視されたらどうしようかと怖かったせいか、軽く瞑ることもできずにぎゅっと瞼に力が入ってしまう。

余裕がなく、目どころか全身固くして待っていると、また少し荒い仕種で顎を摑まれた。すぐに門原の唇や舌を感じる。奏汰は喜びと気持ちよさで震えた。昨日門原にされたことを思い出し、自分から唇を開いた。奏汰からも門原の唇を吸い、噛んでみたりする。門原は奏汰のようにいちいち身を震わせたりはせず、それが悔しいので何とか反応させようと、必死になって相手の唇を探る。

「あっ、……」

だが大きく身震いさせられたのはやはり奏汰の方だ。門原の掌に腰骨の辺りを撫でられる。脚のつけ根に触れられるとくすぐったくて、腰が引けてしまう。

「簡単すぎ。少し我慢しなさい」

叱る声で門原に言われた。窘めるような調子が気に入らないが、下腹部のあたりをさまよう指に気を取られて、文句を言うこともできない。焦らすように、熱を持ち始めた部分を避けて、なのにわざとらしく指の背ではささやかに掠られて、奏汰はたしかに簡単に、呼吸を乱した。門原は奏汰の肝心なところには触れず、両手で腰を摑んで、体の向きを変えさせた。座ったまま、奏汰は門原に体を抱え込まれるように、背中を預ける恰好になる。

「膝、立てて」

言われたとおり、奏汰は正座から膝を立てて、門原の手でその膝を左右に大きく開かされた。いつの間にか、家着のズボンのボタンが外されている。ファスナーのないタイプで、すんなりと門原の手が中に入り込んできた。

下着越しに、もう固くなっている茎を撫でられる。奏汰は声を漏らさないように、大きく息を吐き出した。門原の触れ方は優しくて、もどかしい。

「もう湿ってる。我慢しろって言ってるのに」

「……そんなこと、言われても……」

我ながら他愛ないとは思うが、堪えようがない。急激に張り詰めた茎は痛いくらいだった。門原に撫でられて腰が浮きそうになる。

「こんなんじゃ、一緒にここ弄られでもしたら、どうなるのか……」

「んんっ」

門原の片方の手は奏汰の昂ぶりを下着越しに玩んだまま、反対の手で、シャツの上から胸の辺りを探り出した。指の腹でぐりぐりと押されて、乳首まで次第に固くなっていくのがわかる。

「や……やだ、そこ、何か、嫌だ……」

「俺にされるのは嫌じゃないんだろ？」

揚げ足取りだ。門原は、意地が悪い。奏汰は抗議の意味も籠めて、相手の腕を両方指で摑んでみたが、震えていて、うまく力が入らない。元より止めようというつもりもなかった。

「小さいなあ、奏汰の乳首。なかなか摘まめない」

笑いを含んだ声で囁きながら、門原が指先で執拗に尖り始めた胸の先を弾くように擦る。何度もそうされるうちに、じんじんと痺れてきた。くすぐったいのか、気持ちいいのか、よくわからない。ふくらんできたところを人差し指と親指できゅっと摘まれたら、やんわりと撫でられ続けていた性器が、また固くなる感じがした。

「これじゃ、玩ばれるだけだな。捕まって押さえつけられて、よってたかってこうやって、ひん剝かれて」

門原が、下着ごと奏汰のズボンを下ろした。ゆるめの家着を着ていたせいで、すんなり足首の方まで脱げてしまった。

「細いし力ないし、俺ひとりだって楽に脱がせられるんだ。困るだろ」

「……困らない、門原さんだから——ッ、……あ！」

剝き出しになった下肢の間で上を向くものを、門原の掌に摑まれた。強い力でもなかったのに、眩暈がするような刺激を感じて、奏汰は前屈みに身を縮める。

「あっ、ぁ……ん、あ……ッ……」

ゆるゆると、根元を揺するようにされて、奏汰は耐えきれず声を漏らした。

「今、たとえば昨日の奴がまた来て、奏汰のこんなとこを見たら、どうなるだろうな」

シャツも裾からまくり上げられ、直接乳首を摘まんで引っ張られた。痛い。痛いのに嫌じゃない。

「ん、う……、……か、門原さんが、中には入れないから、大丈夫」

精一杯強がって答えると、首の裏に噛みつかれた。鈍い痛みが走るが、すぐに噛まれたところを温かい舌で舐め取られ、吸い上げられて、ただ痛いだけではない感覚にすり替えられる。

（……痛くするの、好きなのかな……）

だとしても、これなら全然我慢できる。ただ、痛いところが痺れる感じが、妙に甘く感じられて少し怖い。ずきずきと疼くのに、その疼きをもっと欲しいと思ってしまう。

もうちょっと、と無意識に願う奏汰に呼応するように、門原がより強く奏汰の首を噛んで、乳首を指の先で締め上げた。

「あぁッ！　ん……、ん……っ」

痛くされているのに、ますます性器が張り詰めて、先端からとろとろと透明な体液が流れ出して止まらない。それを笑うように、門原が指の先で鈴口を擦り、濡れた指を奏汰に見せつけてくる。

「本当に、我慢がきかないなあ奏汰は。もしかして、もういきそうか?」

「ん……もう、いきたい……」

門原の触れ方がやんわりしつづけているから、そこまで切羽詰まっているわけではないのだが、他の部分に与えられる痛みが明確な快楽に変わろうとしている感じが不安だった。性器を擦られて達するなら普通のことだ。奏汰だって、たまには自分で自分を慰めることがあるから、その感触は知っている。

「――じゃ、駄目だな」

何が、と問いたかったのに、奏汰は咄嗟に唇を噛んで声を殺した。

性器に触れていた門原の指が、裏筋を辿って、尻の方へと伸びていく。そのまま窄まった部分に辿り着き、ひたひたと指でその辺りをつついた。

「男同士だとここ使うのは、わかるよな?」

「……」

そういう知識はある。あるが、自分がそこをどうこうされるなどということを、具体的に想像したことはなかった。門原に抱かれたいと思っていたのに。

「出会って一ヵ月も経たない、恋人でもない男に、ここを犯されちゃうんだ。――嫌だろ?」

奏汰が逃げ出すのを待っているのだ、門原は。

(ここまで、しておいて)

今さらすぎる。どうしてそんなことが嫌がらせになって、奏汰が逃げるだなんて思っているのか、不思議すぎる。

「全然、嫌じゃない」

本音で答えた奏汰に、門原が苛立ったように小さく舌打ちするのが聞こえた。

もしかしたらこの人は日頃の印象より柄が悪いのだろうか。そもそも最初、ヤクザの一味だと勘違いしたくらいなのだから、普段の優しげな態度が嘘なんだろうか。

(でも別にいい)

門原がなぜ自分を悪い男に見せようとしているのかはわからないが、たとえ正真正銘悪人だとしても、奏汰が門原を好きだと思う気持ちに変わりはない。

「――後悔するからな?」

耳許で囁いた後、門原がぐっと、指先を奏汰の窄まりの中に押し込もうとしてくる。

今も止めどなく性器の先端から溢れている体液が、茎を伝いその辺りまで垂れていて、奏汰が咄嗟に覚悟していたよりはすんなり門原の指の先が中に入った。入ってしまった。

「……ま、無理か」

呟くと、門原が奏汰の中から指先を抜いて、立ち上がった。

「……?」

半分裸にされた恰好の心許なさに体を小さくしながら、奏汰は門原の動きを目で追った。門原はキッチンに向かうと、何かを手にして戻ってくる。今日も料理で使っていたオリーブオイルだ。

門原は先刻と同じように奏汰の後ろに座り、縮まっている奏汰の脚を再び開かせた。腰が浮くように自分の方へ体重を預けさせ、奏汰の目の前で、オイルの小瓶の中身を自分の掌に落としている。

「……んん……」

オイルを滴らせた門原の指が、また奏汰の窄まりに触れる。

今度はさっきよりもはるかにスムーズに、指が入り込んできた。

(……中、触られてる……)

ぬるぬると、門原の指は遠慮のない仕種で浅いところを探っている。

(何か……落ち着かない……)

その場所だけではなく、脚の間がオイルで濡れている。門原は反対の指でもそれをすくい取り、奏汰の胸にも塗りつけた。

「ふぁ……」

変な声が漏れた。乾いた指で擦られて摘まれるのと、ぬめったもので撫でられるのとでは、まるで感触が違った。

「何だ。これ、好きか?」

奏汰の顕著な反応に気づいて、門原が面白がるように、さらにオイルを乳首や薄い乳輪の辺りに塗り込めてくる。先端をぴたぴたとぬめった指で叩かれると、微妙な粘り気が刺激になって、奏汰はぞくぞくと背筋を震わせる。

「や……くすぐったい……」

「くすぐったいって反応じゃないだろ」

今度は摘まんで引っ張られた。大きく腫れぼったくなった乳首をぷるんと指先で弾かれると、なぜか下腹の辺りがきゅうきゅう疼いた。

「ん……ぁ……、ん……」

「可愛い声出して。全然堪えられてないぞ」

ぐっと、窄まりが開かれる感じがした。門原が指を増やして、奏汰の中に押し入ったのだ。それでもオイルのぬめりのせいで、軋むこともなく、門原の指が出たり入ったりを容易く繰り返している。

「う……、……ぁ……、……あ……」

呻き声を漏らすことしか、奏汰にはできなくなってきた。浅いところを指の腹で擦られると、言葉にし難い、これまで感じたことのないような感覚が湧き上がる。身の置き所がないような、不安な気分になってくる。

「……お、音、やだ……」

濡れた音と感触がどうしても落ち着かず、奏汰が泣き言のような声を漏らすと、門原がふと息を吐くように笑う。

笑いながら、門原が指の動きを早くする。くちゅくちゅと体の奥で耐えがたくいやらしい音が、ますます大きく立てられた。

「やぁっ、あ……！」

多分、オイルを足されている。見ていられなくて奏汰は門原の腕の方に頭を押しつけるような恰好になっていたが、音と感触でわかった。くちゅ、ぐちゅと、門原はわざと卑猥(ひわい)な音を奏汰に聞かせている。

「──もっと奥、入るか？」

「あ……」

さらに深いところに指が潜(もぐ)り込む。ついそちらに視線をやってしまうと、両脚をあられもなく大きく開いて、腰を浮かして、門原に支えられなくても上を向いた性器が見えた。尻の間を、門原の指が出入りしている。壮絶にいやらしい眺めな気がして、奏汰は自分のそんな姿に動揺しながら、それより強く興奮を感じてしまった。

「やだ……やだ……」

譫言(うわごと)のように呟く自分の声が、ちっとも嫌そうに聞こえなかった。

「こんなふうにされるの、嫌だろ？」

訊ねる門原の声だって、奏汰が本気で嫌がっていないのを確信しているかのような響きだ。そのくせ奏汰の言質を取って「嫌なら止めよう」と途中で放り出す気が透けて見える。奏汰は喘ぐように呼吸をしてから、ごくりと生唾を呑み込んだ。

「は、恥ずかしい……けど、……気持ちい、から」

もっとはきはきと告げてやりたかったのに、声が掠れて、震える。

「……だから、もっとして……？」

全部、どこに触れるのも、どんなやり方でも、やめないでほしい。そういえば、誰かに何かをねだるのが、もしかしたら生まれて初めてじゃないかと、こんな時に奏汰は気づいた。

物心ついた時から生活はカツカツで、親戚は意地悪で、毎日暮らすために忙しかったから、我慢して、我慢して、必要最低限のものだけ手許に置いていた。

「こんなにほしいの、初めてだ……」

門原にそばにいてほしい。いやらしいことをしてほしい。気持ちいいことをしてほしい。

自分では手に入れられないから、懇願するしかない。

「門原さん、お願い、もっと……」

理由はわからないけれど、門原が自分とのこの行為をどこかで切り上げたがっているような気がして、奏汰はひどく焦り、不安になった。どうにか続けてほしくて、必死に門原を見上げた。

門原は奏汰を見て、何か堪えるような、どこか悔いたような表情をしている。

相手のそういう表情を見たくなくて、奏汰が目を閉じると、唇を食べられた。舌を割り入れられ、吸われる。奏汰も夢中で同じ動きを返した。

深いキスを交わしながら、門原が奏汰の中から指を抜き出すと、ラグの上に体を横たえさせた。

仰向けの恰好で膝を曲げられ、大きく開かされるのはとてつもなく恥ずかしかった。何もかも門原に見られてしまう。

濡れた性器や窄まりの辺りを見られるより、気持ちよさと不安とで涙が滲んでぐちゃぐちゃの顔を見られる方がよほど羞恥心が煽られ、奏汰はたまらず両手で顔を覆った。

門原が奏汰の両腿を掴んで、自分の方へ引き寄せる。奏汰だって成人男性なのだからそれなりに体重だってあるはずなのに、軽々引かれた。

今度は片手で尻を掴まれ、親指で窄まりのあたりをぐっと押し広げられる。

指の隙間からこっそり見遣ると、門原はスラックスの前を開き、そこから零れ出た大きなものを、自分で擦っている。

その仕種に、奏汰はぞくぞくと背筋を震わせた。門原の目も興奮のせいか少し潤んでいるように見えるのがとてつもなく嬉しい。

「力、抜いてろよ」

「……ん……」

門原の、予想よりも大きな肉棒の先端が、濡らされた窄まりにぐっと押し当てられる。覚悟を決める余裕もなく、それが中へと押し入ってくる。

「……っ……く……、……ん……」

未知の力で、自分の芯を蹂躪(じゅうりん)される感じ。

自分の体が硬くなっているのか弛緩(しかん)しているのか、奏汰はもうわからない。ただ、どっと汗が噴き出てきた。勝手に顎が仰(の)け反(ぞ)り、喘ぐように呼吸を繰り返す。

「……い……、……た……」

痛い。やっぱり痛い。門原のあんなに大きなものが、体の中に潜(もぐ)り込んできているのだ。何ごともないわけがない。押し広げられる感触が苦しい。肺を押さえられているわけでもないのに息が詰まる。

無意識に体を上に逃がそうとしたが、門原に腰を荒く掴まれ、むしろぐっと押しつけられた。

「……、……ッ……う……、……ぁ……」

門原は容赦(ようしゃ)なく深いところまで身を進めている。繋がったところがずきずきと脈打っている。

痛い。痺れる感じで、苦しくて——気持ちいい。

痛さが快楽に変わっているのか、痛さの中に快楽があるのか、痛いのが気持ちいいのか、もうよくわからない。門原がゆっくり体の中を貫(つらぬ)いている楔(くさび)を抜く動きをした時、驚くくらい体が震えた。爪先までびくつく。

「ん……ッ、……ふ……」

「――これ、いいのか？」

門原がもう一度奥まで奏汰の中に入り込んでから、勿体ぶる動きで身を引いた。

「うぁ……、……わ、わかんっ、ない……！」

意思や感情や感覚に拘わらず、勝手に体が反応している感じがする。ぼろぼろと、涙も好き勝手にこぼれ落ちる。

「こっち、摑まってろ」

手の甲で濡れた顔を擦る奏汰の腕を、門原が引く。奏汰は促されるまま、相手の腰の辺りに触れた。無意識に相手を引き寄せる動きになると、門原が奏汰の顔中に唇を落とす。大きく開いた唇を、また吸われる。舌を出したり、吸い返したりする余裕はもう奏汰にはなかった。

中の刺激だけでいっぱいいっぱいだったのに、固くなりっぱなしの性器を握られて、奏汰は悲鳴のような声を上げかけた。掠れてしまって音にはならなかった。

根元から上まで擦られ、掌で先端を強く撫でられる。内腿が引き攣るようにびくついた。腹の奥の方が重たい。もう射精したくてたまらなかった。門原が深いところで身を留め、短く抜き差しを繰り返す。そのたび体が揺れて、さらに達したい衝動が高められる。

「だめ……でる、でる……」

譫言のように繰り返す。阻まれているわけでもないのに、出してしまいたいのに、達するのが怖くて寸前で堪えようとしてしまう。

（こんなの、いったら、変になる……）

初めてのセックスで、こんなことになっていいのだろうか。自慰の時とは次元の違う悦楽で頭がぐらぐらする。門原に中と茎を擦られるたびにどうしても体をびくつかせながら、奏汰は半ば泣きじゃくった。怖い。いきたい。出したくない。

「奏汰」

自分でもどうしたらいいのかわからず混乱する奏汰に、門原がひどく優しい声で名前を呼んだ。

奏汰を見て、門原がふと笑う。

「いっちゃえよ」

性器の先端を、掌で覆われ、指の腹で強く擦られる。

「……ッ……、――っ」

奏汰は弓なりに背を反らせ、言葉もなく胴震いして、達した。

——やってしまった。

やってはいけない、絶対にやらないぞと自分に誓っていたのに、結局奏汰を抱いてしまった。

疲れ果てたような、だがどこか満足げな顔で目を閉じてすやすやと寝息を立てている奏汰を見て、門原は深々と溜息を吐いた。

高そうなラグは、門原と奏汰のいろいろな体液とオリーブオイルのせいで、ひどい有様(ありさま)だった。秋山(あきやま)のものだからどうでもいいが。

(怖がらせて、逃げ出させるつもりだったんだがな……)

自分を頼ってくる弱くて若い子を相手にして、誑(たぶら)かすような真似をするのは、門原の信条に反していたというのに。

わざと乱暴にしたし、痛がるように触れもした。

なのに奏汰は門原のすることを微塵(みじん)も疑わず、従順に耐えた。

まるで意地悪くされた方が、嬉しいような顔で。

(まさか、そういうあれか?)

奏汰の従兄(いとこ)は、子供の頃から今と変わらない性格で、つまりは立派なクズだったようだ。そのうえ親戚付き合いはほぼ断たれていて、従兄に呼び出されたところで無視しても奏汰には何の不利益もないはずなのに、今に到るまで従兄とだけは交流が続いている。留守番を頼まれて応じるほどには気を許している。

（……まさか、秋山に……惚れてたのか？）

想像したら、事後の罪悪感が、とてつもない焦燥に変わった。

（いや、まさか、でも）

もしかしたら、従兄が初恋だったりしたんだろうか。その名残で縁を切れず？　むしろ、頼られれば嬉しくて？

（……ありえる）

清廉潔白だったり、温厚篤実だから好きになるというものでもない。恋というのは理不尽なものだ。

その証拠に、自分よりずっと年下で、頼りない子供などまったくの対象外だと決めてかかっていたのに――門原はもう、どう考えたって、奏汰に惚れている。

おちおち放っておけず、可愛くて仕方がなくて、「怖がらせて逃げ出させるつもり」などと自分を偽りながら、がんがんにやってしまった。年甲斐もなく。

男を抱くのなんて初めてだというのに、何の戸惑うこともなかったのは、近頃奏汰に触れるならああしよう、こうしようと、気づけば算段していたからではないか？

（いや――いや、いや、しかし）

こんな関係がうまくいくわけがない。トラブルに巻きこまれて不安がる相手を行きずりというか成り行きで抱く、という程度なら、すべて解決すれば肉体関係も解消して綺麗に終われるだろうが。

（そういうタイプじゃないだろ、奏汰も、俺も）

奏汰は遊びで男と寝られる性格ではありえない。そもそもこれが初めてだったのだ。

（不安な時に優しくされたら、恋愛だと錯覚しやすいっていうのは、嫌ってほどわかってたのに）

結局そこにつけ込んだようなものだ。

（先に、奏汰が秋山に惚れてるかもしれないって気づいてたら、絶対踏み止まったのに）

後悔ばかりだ。奏汰の体も反応も声も顔もあまりによかっただけ、余計に。

（……いや、嘘だな。気づいてたら、もっと意図的に、奏汰が溺れるようなやり方でもっとねちねちと……許してくれって泣いても止めずに）

健やかな寝息をたてている奏汰を見下ろせば、目のふちがすっかり赤くなっている。さんざん泣かせた。これでも足りずに、自分なしではやっていけないように、従兄から気持ちを奪おうと画策して、抱きまくっていたかもしれない。

（これだから俺は、気軽に恋愛なんてしちゃいけないんだ）

自分がどこか危なっかしい願望を秘めていることは、薄々門原も気づいている。相談相手と気軽に寝るような女の子を相手にしないのは、自分ばかり入れ込んで痛い目を見るのが嫌だという理由が、本当は一番大きいのかもしれない。

（秋山が戻ってきて、あいつらにさんざんいたぶられることになれば、奏汰は悲しむかな……）

いくら奏汰が可愛くても、門原の方がよっぽど大人なのだ。大人は大人の責任を果たさなければなるまい。

奏汰を助けると自分で決めて、自分で首を突っ込んだのだ。どうにかして、奏汰が悲しむような結末を避けて、綺麗に別れを告げなければいけない。

8

遠からず、この同居生活も終えて、奏汰とは離れなければならない。

だから決して二度と、お互い流されてセックスなんて、してはいけない。

——とは、改めて決意したはずだった。

はずだったが、結局門原には奏汰が可愛くて、それからも日を置かず、三日続けて、寝てしまった。

今も奏汰は、門原の隣で、疲れ果てたように、目の縁を赤くして眠っている。

（……本当に、可愛いな）

仕方がないのだ。奏汰は「今日はしないのかな」という顔でずっとこちらを窺っているし、「自分から誘ってみよう」と必死に決意した素振りで近づいてくる割に、やることと言えば何となく門原のそばに近づいて、目が合うと気恥ずかしそうな、嬉しそうな顔で目を伏せて笑うだけなのだ。

ずけずけと行為を求められるなら、「はいはい」といい加減にいなせるのに。

これで奏汰を無視したら、悲しがらせる。

奏汰を悲しませるのは、門原の本意ではない。

だからついつい引き寄せて、キスをして、寝室に引き込んで、夜通しセックスした。

初めての時はゴムの用意もなく外に出したが、二度目からは門原がしっかりローションも用意して、丁寧に、執拗に、抱いた。

行為を繰り返しても、奏汰が物慣れない様子なのがまた可愛くて、意地の悪いやり方で触れたと思う。奏汰は胸を弄られるのが好きらしく、強めに刺激するとぞくぞくするほどいやらしい声で喘いだ。痛くせず、優しく触れると物足りなそうな顔をするのに、最初の時に散々ねだったことを恥ずかしく思っているようで、なかなか「もっと」とせがむことができない。懇願させたくて焦らすと、それはそれでいいらしくて、泣き出してしまう。割とよく泣く子だ。

泣き顔がまた可愛い。

（って、もう、腰砕けじゃないか）

何が離れる覚悟か。

門原は自分で自分に呆れつつ、流されて、また今日も奏汰を寝室に誘ってしまった。

門原はどうもやっぱり、自分と寝たことを、悔やんでいるらしい。
恵次の大きなベッドに門原の腕枕で横たわりつつ、奏汰は隣で眠る門原の顔をそっと眺めた。

チンピラに殴られた目と唇の傷は、まだ少し残っている。もう痛くはないと言っていたが、顔を洗う時にうっかり触って痛がっていることを奏汰も知っている。門原は案外抜けているところがある。

こんなに恰好いいのに。その抜けたところが恰好よさを引き立てている気がするので、何だか狡い。

（狡い……俺はこんな、一方的に、好きなのに）

別に玩ばれたっていい、と思っていた。

門原は他人を玩ぶような男ではないと思うから、遊びで抱かれても平気だと、矛盾したことを奏汰は真剣に考える。

もう四回もセックスしたのに、これがハッピーエンドには思えず、奏汰は不安なままだった。

（俺のどこがそんなに駄目なんだろう……まあ、年とか、経験値とか、単純に性格とか、性別とか、色々だろうけど）

どうやったら門原は自分を好きになってくれるんだろう。

奏汰は学生時代に数回、相手から告白されて彼女がいたことはある。好きだから付き合ってほしいと言われ、一緒にいても秋山君から好かれている気がしないと泣かれ、やはり向こうから振られた。振られて毎回ほっとした。

嫌いではないから付き合ったけれど、一緒に遊びに行くのも最初はまあまあ楽しいけれど、キスしてほしいとか、隙あらばエッチしたいだとか、匂わされたり直接言われたりするのが苦手だった。

女の子とそういうことをするのは自分には無理だ。うんと頑張ればできたかもしれないが、頑張る気が起きなかった。

その労力を割くほど好きにはなれず、それが申し訳なくて、どんどん苦痛になった。だから振られて安心する。解放された気分になる。

(……もしかして門原さんが今、そういう気分なのか?)

キスやセックスは大人だからできても、内心では苦痛なのか。好きでもないのに、奏汰がして欲しがるから抱いては、「またやってしまった……」と小声で呟いて悔いた顔をするのか。

(……好きになってほしいなあ)

門原の寝顔を見ていると、泣きたくなる。

自分ばかり好きなことが辛いのか、それとも好きな人のそばで眠れることが嬉しいのか、その両方か。

(とにかくまあ、セックスはしてくれるんだから。体で落とすという手もあるぞ、頑張ろう)

めそめそしていても仕方がない。喜んでもらいたくて、奏汰はベッドではネットで予習したとおり門原に一生懸命自分からも触れようとするのに「そんなことする必要はない」と躱されてしまう。

百戦錬磨の女性たちに比べたら自分が拙いことなどわかりきっている。しかし他の人で練習するわけにはいかない。奏汰は門原以外とそんなことをするなんて真っ平御免だった。

(恵次が帰ってくる前に、絶対、好きになってもらわないと)

奏汰はそう決意すると、さっきまで散々門原に抱かれていた体が急に眠気を覚えたので、その隣に寄り添うようにして目を閉じた。

秋山恵次が自宅マンションに戻ってきたのは、門原が最初に奏汰を抱いてから、一週間後のことだった。

遅番の仕事を終えた奏汰と一緒にマンションに帰り、夕方のうちに支度しておいた食事を食べ終えて、奏汰の淹れたコーヒーを飲みつつ観るともなしにテレビを眺め、「今日も、そろそろ風呂に入ってベッドに行くか……?」という空気を、お互い醸し出し始めた頃。

恵次は普通に鍵を開け、普通に玄関から部屋に入ってきて、ソファに並んで座る門原と奏汰を見て、眉を顰めた。

「おい、他人連れ込むなって言っただろ」

開口一番、それだ。奏汰は驚いたせいかコーヒーカップを持ったまま固まっている。奏汰の肩にさり気なく腕を回しかけていた門原も、その姿勢のまま動きを止めていた。

「——恵次兄さん」

門原よりも、奏汰が先に我に返った。

「おかえり。出張、終わったのか」

「いや、一時帰国。御殿場の大ばあさん死んだの聞いてないか？　あ、おまえは関係ないか、今葬式やってるっぽいけど」

恵次は大きな手荷物もなく、肩にかけていたバッグをひとつダイニングテーブルの上に投げ出した。

「これから恵次兄さんも葬儀に？」

「や、俺は身内が死んだって理由で休みもらっただけ。荷物も取りにきたかったし——で」

ちらりと、恵次が門原に視線を向ける。

「誰、それ？」

門原は呆気に取られていた。恵次がまったく危機感もなく、他人である自分がこの場にいても「オーナー絡みの人間では」と疑いもせずにいることに。

それはともかく、奏汰がいま無事で、この部屋にいるという意味について、何も考えないのかと。

（違う、わかってて、へらへら笑ってるんだ）

奏汰なら自分を許してくれるだろうという、門原にとっては吐き気がしそうなほど甘い考えで。

実際、奏汰は何だかんだで許してしまうかもしれない。

そう思ったらも、門原の限界がすぐに来た。

「――おい、秋山」

ここまで他人に苛ついたことなど、人生でもそうそうない。門原は低い声で恵次に呼びかけ、ソファから立ち上がる。

「ああ？　だからあんた誰だよ、おっさん」

「エリナの彼氏の友達だよ」

懇ろになった女の名前を出された瞬間、それまで呑気にしていた恵次の態度が一変した。

あまりにも素早くバッグを摑み直し、目にも止まらない速さで回れ右したのだ。

「待て、てめえ！」

友人オーナーは、「門原がそこまで頼むなら、秋山のことはもういいよ」と水に流してくれたが――門原が、収まらない。

こいつのせいで、奏汰は見知らぬ男に売り飛ばされて、犯されまくるところだったのだ。未遂で終わったのは絶対に自分がいたからだ。

だから自分は、この馬鹿をボコボコに殴りつける権利がある。

一瞬にしてそう考えをまとめ、門原も素早く恵次を捕まえようと足を踏み出した。

が、それよりも、奏汰の動きの方がずっと早かった。

「恵次兄さん」

まるで恵次が逃げ出すことを予測していたように、奏汰はリビングの入口で恵次の前に立ち塞(ふさ)がり、廊下に出すまいと相手を睨みつけた。

「な、なんだよ、俺にむかってその顔——」

「地獄に落ちろ、このクズ野郎！」

——腹に、一発。

奏汰は身を低くして、渾身(こんしん)の拳(こぶし)を、従兄(いとこ)の鳩尾(みぞおち)に叩きつけた。

「ぐぉ」

妙な音を発しながら、恵次が床に膝を突く。

「あんたのせいでこっちがどんな目に遭うところだったか、説明しなくてもわかるだろ⁉　血は繋がってないとはいえ、親戚のよしみで付き合ってたけど、許せることと許せないことがあるんだよ世の中には！」

「ちょっ、ちょちょ、待って奏汰(カナ)、待って待って痛い、ごめんて、ごめんマジ悪かった」

奏汰はいつの間にか奪っていた恵次のバッグで、バンバンとその背を殴りつけている。

門原は再び呆気に取られて、その光景を見ていた。

制裁をするならまず自分だと思っていたのに。奏汰は優しいし、恵次に好意を持っているからこそ留守番を引き受け、そのせいで危険な目に遭いかけて、きっと傷ついているだろうから。奏汰が怒れないなら、その代わりに自分が、恵次がやったことを恵次自身にわからせてやろうと。

それだけのことをされたのだから、もう従兄のことを従兄だなんて思わず、縁を切った方がいいと告げるつもりだったのだが――。

「恵次兄さんの性根は死んでも治らないだろ。俺は許さないよ、あんたが帰国してることは、その人が今、店の人に連絡するから。門原さん」

「おっ、おう」

奏汰からきっと視線を向けられて、門原はすぐにテーブルに置きっぱなしだった自分の電話を手に取ると、友人に連絡を取った。

「ちょまっ、待ってマジ、待って待って死ぬ、俺殺される、いいのかカナ、俺が可哀想だろ⁉」

「知るか。嫌なら逃げたらいいだろ。大おばあさんの葬式ならちょうどいい、今から行って、恵次兄さんがやったこと全部みんなに話すから」

「奏汰ぁ！」

「本当に死なれたら夢見が悪いけど、死なない程度に痛い目見ろ」

奏汰は笑いもせず、淡々と従兄を罵倒している。

（……何と……頼もしい……）

一体自分は、秋山奏汰という青年を、どう見誤っていたのだろう。門原は自分の不明を恥じた。

「おい、秋山」

友人との通話を終え、門原は情けない顔で奏汰の足許に蹲っている恵次を見た。

「今から大勢来るぞ。殺されたくなかったら、さっさと逃げた方がいいんじゃないか」

「……！」

門原の言葉を聞くと、恵次が蒼白になり、奏汰から自分のバッグを引ったくるように奪い返した。

奏汰は今度は止めることなく、従兄がばたばたと逃げ去る姿を見送っている。

「——門原さんは、いいの？　友達の仇なんだろ、恵次兄さん」

捕まえておかなくていいのかと訊ねる奏汰に、門原は苦笑した。

「こっちはもう終わったことにはなってるからな。まあ一発か二発か五発くらい殴れたら、俺の友達もスッキリするだろうけど。……奏汰こそいいのか？　多分別口の奴らにも連絡が行くぞ、あっちは本気で秋山を半殺しにしようとしてるから、捕まったらただじゃすまないぞ」

「自業自得だろ。でもまあ、何か、逃げ切る気がするんだけど、恵次兄さんは……」

門原もそんな気がした。というより、半分くらいは怖い集団に捕まって死ぬ目に遭えばいいと思うが、そうなれば奏汰は何だかんだ悲しむ気がして、それよりは、逃げ切れた方がいいと思ってしまうのだ。

いくらイラつく相手でも。一発くらい自分も殴っておきたかったと心の中では思っていても。

「あそこまでキレると思ってなかったよ、奏汰が」

「え、そうかな。俺、最初から滅茶苦茶怒ってたよ。だからここでずっと恵次兄さんのこと待ってたんだし。非力だから、あんまり痛くできなかったかもだけど」

奏汰は大きく息を吐き出して、ソファに戻って座り直した。

その表情は、それでもやはり、どこか複雑そうに門原の目には映った。

「でも、あんまり爽快って感じじゃなさそうだぞ」

「……まあ、それは、そうだよ」

奏汰は目を伏せている。門原は自分もその隣に腰を下ろした。

「やっぱり、秋山のことが好きだったからか？」

「え？」

奏汰が顔を上げてこちらを見る。門原はそれを見返した。

「もしかして、初恋だったんじゃないか？」

「――」

奏汰の顔が、見る見る赤くなる。

やっぱりか、と門原は苦笑を浮かべた。

「何で、それ……話したっけ、俺？」

「勘だよ。惚れた相手のことだからな、おじさんには、わかっちゃうの」

「……」

奏汰がまじまじと門原をみつめる。

門原は今度は見返せず、笑いながら目を逸らした。続く奏汰の言葉を聞くのは、いい歳になってもきつそうだなと覚悟を固める。

「忘れて」

「え？」

実はそうなんだ。今でも好きなんだ。報いを受けるのは自業自得で仕方ないけど、終わったら、一緒にいようと思う――あまりにリアルに奏汰の台詞を想像していた門原は、まったく予想外の、思い詰めたような奏汰の声を聞いて、思わず相手に目を戻した。

「奏汰？」

奏汰は首や耳まで真っ赤だ。

「俺の黒歴史だから、忘れて。いくら寂しかったからってあれを好きだったとか、門原さんに会うまでもしかしたら母さん以外で一番好きだったかもとか、現実を直視すると死にたくなるから」

奏汰は門原の腕を摑んで項垂れ、大きく首を振っている。

「やっとその黒歴史を始末したのに……」

「じゃあ……何でそう寂しそうにしてるんだ、奏汰」

「そんなの」

顔を上げた奏汰の顔色は少し落ち着いていたが、表情はやはり複雑そうな、寂しげなものだった。

「俺も門原さんも、この部屋にいる理由がなくなっちゃったからに決まってるだろ」

言われて、門原は驚いた。

たしかにそうだ。恵次が一時的にせよ戻ってきたのであれば、あとの処遇は他の男たちが決める。奏汰がマンションに居続けたのが、恵次を捕まえて相手側に差し出すためだったとしたら、もうここにいる必要がない。

恵次を追う男たちも、恵次自身がいるのであれば、もう奏汰に近づく意味がない。

そして当然、奏汰を守るつもりだった門原が、奏汰と一緒にいる理由も。

「……だから恵次兄さんが帰ってくる前に、何とか門原さんが俺を好きになって、離れなくていい理由を作ろうと思ってたんだよ」

奏汰はそう言って笑う。笑っているのに、目は真っ赤だった。今にも泣きそうだ。

「やることはやったのに、やっぱり俺じゃ、門原さんを満足させられなかったか……」

「――いや」

何てことだろうかと、門原は自分の馬鹿さ加減に呆れた。今日は呆れてばかりだ。

「俺は情がなけりゃ、怯えて弱ってる子に手を出したりしない」

「……情くらいは湧いてくれた？」

ぽろりと、奏汰の目から涙が落ちる。

それでもう、門原は完全に陥落した。

「惚れてなけりゃ抱けないって言ってるんだよ。性欲だけでセックスできるほど若くないから、もう」

「……」

泣いたままの目を、奏汰が見開いた。

「ほんとに？」

門原は、深々と頷く。

「本当に。惚れて、我慢できなくて、手を出した。奏汰が他の男に身売りするとか馬鹿なこと言うから、それくらいなら俺がって、年甲斐もなく」

「年は関係ないと思うな」

答える奏汰はもう、顔を綻ばせている。

嬉しそうなこの顔に弱いのだと、門原は改めて実感した。

「じゃあ、まだ一緒にいられる？」

奏汰に問われて、門原は再び大きく頷いた。

「ここに来るまで、ほとんど事務所で寝起きしてたけど、普通に自宅もあるんだ。ここよりボロいし賃貸だけど、広さはそう変わらない」

「何だ。ワンルームとかなら、同じ部屋で寝られるのに」

惜しそうに呟いた奏汰を、耐えられずに、門原は抱き寄せた。

「別にたくさん部屋があったって、同じベッドで寝ていいだろ」

「……うん、そうかな」

奏汰も門原の背に腕を回し、ぎゅっと、嬉しさを隠さず抱きついてくる。

「でもまあ今日は遅いし、まだここでいいよな」

「うん、恵次兄さん、鍵落としていっちゃったし——」

さっきから、ピンポンピンポンと、うるさくインターホンのチャイムが鳴っている。

モニターにどうも恵次らしき男が必死に手を振る姿が映っているが、奏汰は何も言わなかったし、門原が言うつもりもない。

「取りあえず、風呂でも入るか」

「うん」

「広いし、一緒に」

「……うーん。うん」

しつこく鳴り続けるチャイムを無視して、門原は今さら恥じらう奏汰と共に、バスルームへと向かった。

「今日のは、どうかな」

少々緊張しながら、奏汰は向かいの門原に問いかけた。

二人用のダイニングテーブルに、白飯と、味噌汁と、肉豆腐（にくどうふ）。その肉豆腐を咀嚼（そしゃく）する門原を、奏汰はじっとみつめる。

口の中のものをごくりと嚥下（えんげ）してから、門原が顔を綻ばせた。

「——うん、味が染みてて、うまい」

「よかった……！」

心底嬉しくて、奏汰は快哉（かいさい）を上げる。

恵次のマンションよりはたしかにかなり年季が入っているものの、それなりに広い門原のマンションに身を寄せてから、半月。

年季が入っているといっても、きちんと手入れがされているし、門原と奏汰と二人で暮らすには、何の不便もない家だった。

何より、奏汰と門原の家なのだ。賃貸マンションだが、門原は同居人として、奏汰の名前も契約書に入れてくれた。もちろん家賃や光熱費もそれなりに渡すことになった。奏汰は完全折半を望んだが、税理士の収入を見せられ、黙らされた。門原から「当分はおじさんに甘えなさい」と諭されて、「じゃあその分、家事を頑張るから」と約束した。

だから食事だって頑張ろうと、特訓している最中なのだ。

奏汰はたしかに門原の言うとおり、あまり食事に興味がなくその自覚すらなかったが、「門原においしいものを食べてもらいたい」という一心で、なかなかうまくいっている。

「上達してる、偉い偉い」

「まだレシピと首っ引きじゃないと難しいけど……」

食材は門原が買ってきてくれて、奏汰はそれを調理するだけだ。献立は門原が決めてくれて、自分の好物だからと言っているが、多分作り方が簡単なものを選んでくれているに違いない。

「でも奏汰、仕事で疲れてるんだから、交代でもいいんだぞ？　朝晩頑張らなくても」

今日も奏汰は夜まで店で働いて、帰ってきてすぐ調理を始めた。慣れないのでまだ時間がかかってしまい、門原を待たせることになるのは申し訳ないが。

「俺は事務所すぐ近くだし、奏汰は店が遠くなっちゃっただろ。大変じゃないのか」

「大丈夫、料理も楽しくなってきたし。それに、仕事にはだいぶ慣れたから」

そう言って、奏汰は笑った。

ショップスタッフとして働き始めてから二ヵ月近くが経ち、接客以外の事務仕事や雑用も、ずいぶん要領がわかるようになってきた。

最初は緊張もあって余計に疲れていたが、最近では、ゆっくりと店を見渡す余裕だってでてきたくらいだ。

「俺目当てで来てくれる常連のお客様も増えてくれたし。――前にさ、門原さんが言ってくれただろ、どうせ心証が悪いなら、無言で相手に圧力掛けろって」

「ああ、嫌な先輩と上司か？」

「うん」

奏汰は大きく頷いた。

先輩の下田は、休まず奏汰にささやかな――「セコい」嫌がらせをしてきたが、門原に言われたとおり、表立って言い返しはせず、事実確認だけを続けたら、さすがに周囲も何かおかしいと気づいてきたようだ。

何より、奏汰に接客してほしいという客が増えたため、下田がそれを横取りすることはできなくなった。今までは在庫確認でバックヤードに引っ込んでいる間に客を取られることが多かったが、最近は「今、別の店員さんに見てもらっているので」と、客の方で断ってくれるようになったのだ。

「俺も慣れなくて不安だったから、お客様も慣れてる下田さんに見てもらった方が安心だったんじゃないかな。だから自信持って商品を選べるように、頑張ってる」

「そういうのが、まっとうな勝ち方だな」

偉い、とまた褒められて、奏汰は顔を綻ばせた。

「店長も、下田さんが要注意だって、やっと気づいたみたいだし。体育会系な分、変なことしてる部下がいるって気づいたら、黙ってないタイプっぽくて。細々注意されてやりづらそうだよ、下田さん。ちょっと気の毒」

「同情するところでもないと思うけどな」

「まあ問題なく働けるなら、文句はないよ、俺は」

答えた奏汰に、門原も笑った。笑われて、奏汰は首を傾げる。

「うん？」

「いや、奏汰は人がいいなと思ってさ」

「門原さんに言われると思わなかった。こんな、家賃も光熱費も食費も、半分以上負担してくれてるのに」

「人がいいんじゃなくて、好きな人は大事にしたいだけ。贔屓してるんだよ」

贔屓、と言われて、奏汰は嬉しくなってしまった。

「そうか、贔屓か……」

「そう、奏汰以外にはしません」

「……よかった。俺以外に、もっと可哀想な境遇の人と出会ったら、他の人にも優しくしちゃうのかなーと心配しなくもなかったから……」

正直な心境を答えた奏汰に、門原が今度は苦笑する。

「一回失敗してるからな、俺は。今度は逃げられないように、一番は奏汰に親切にするさ」

二番や三番もあるのだろうか、と思ったが、奏汰はあまり嫌な気分にもならなかったし、不思議と不安も感じなかった。

(だってこの家に連れてきてもらったの、奥さん以外には俺が初めてだっていうし)

昔付き合っていた彼女も、ここには入れなかったらしい。

何かしらの覚悟があって自分を受け入れてくれたのだとわかるから、やはり、奏汰は安心していられる。

「よし、じゃあもっと、俺は料理を頑張ろう」

「ほどほどにな。どっちかが頑張るってもんでもないんだから、共同生活っていうのは」

論されて、はい、と奏汰は素直に頷く。

——あれから、結局恵次は捕まって、だが門原が間に入り、それなりの金額の「慰謝料」を払うことで話がまとまったという。奏汰は関わらないよう厳命されていたので、話を聞いただけだが、一発くらいは殴られたような気配もしつつ、死ぬような目にまでは遭わずにすんだらしい。

（まあ俺も一発いれたし、これでおしまいだ）

怖い人が訪れる心配ももうないし、仕事は楽しいし——門原との生活は毎日嬉しいことばかりで、言うことがない。

「やっぱり恵次兄さんには、感謝しないとな。腹立つけど」

不本意ながら、再び海の向こうに逃げた従兄に向けて、奏汰は小声で呟く。

「うん？　何か言ったか？」

不思議そうに問い返す門原に何でもないと笑って、奏汰は空になった小鉢（こばち）に肉豆腐を足すべく、いそいそと立ち上がった。

夜は一緒に

YORU WA ISSHONI

1

熱くて固いもので内腿を擦られて、奏汰はたまらず背筋を震わせた。門原の形がはっきりとわかる。

（でも、物足りない……）

そう思った時、今度は会陰を門原の茎と先端で刺激された。

「あ……ぁ……ッ」

まだベッドの中、同じ布団にくるまったまま、後ろからきつく抱き竦められる。

身動きも取れない状態で、繰り返し尻の狭間を擦られた。

（す……また……？　っていうやつ……？）

朧気にそんな単語が奏汰の頭に浮かぶ。

――ゆうべもこの場所でじっくり濃密な触れ合いをしたというのに、朝門原の腕の中で目覚めた奏汰は、まだその続きのような気分が抜けきらなかった。

門原も同じだったようで、寝惚け眼同士がかち合った瞬間、どちらからともなく唇を寄せ合い、舌を絡め合い、裸のままの脚を絡め合った。

何のためらいもなく奏汰の尻に手をかけながらも、しかし門原の方が少し冷静だった。

『平日だし、このままやったらまずいか』

別にいいのに、という言葉を奏汰はどうにか飲み込んだ。よくはないのだ。門原とセックスしたあと、奏汰はどうしても頭がふわふわしてしまって、しばらく正気になれない。こんな状態で仕事に行って、接客など、まともにできる自信が持てなかった。

『でも……このままだと……』

かといって、すでに体に火が着いた状態、というよりもゆうべの熾火が消えきらずにいた状態で放り出されてもまた、仕事にならないに決まっている。

『まあこんなになってたら、服も着られないよなあ』

遠慮なく触れてくる門原の掌の中で、奏汰のペニスは上を向いている。門原に弄られてこうなったのか、それとも目を覚ます前から反応していたのか、奏汰自身にもよくわからない。

『じゃあサクサクッと、抜いておくか』

情緒のない言葉で宣言したくせに、門原が奏汰に触れる仕種はどうにもねちこかった。

正面から抱き合っていた奏汰の体をひっくり返し、背中から腕を回して抱え込み、腰を押しつけられた。門原の性器だって、とてもこのまま服を着られるような状態じゃないことに気づくと、奏汰はますます気を昂ぶらせてしまった。

手でしてくれるのかな、と予想していたが、当たったのは半分だけだ。門原は奏汰のペニスを指や掌でやわやわと揉みしだきながら、肉づきのよくはない脚の間に、自分のペニスを挿し入れたのだ。

門原と最初にセックスしてから三ヵ月ほど、その間もう数え切れないくらい体を繋げたのに、今さら擬似的な行為でやたら興奮する自分に、奏汰は驚いた。

（でも、なんか、いつも以上に、門原さんがやらしい……）

いつもは挿入されるとわけがわからなくなって、門原がしてくれるままに体を揺すられ、あられもない声を上げている自覚も持てずに翻弄されるばかりだったが。

今は、門原の腰使いや息遣いを、やけに生々しく、明瞭に感じる。

首筋に吐息が懸かって、くすぐったさに震える。小さく竦ませた首のつけ根に歯を立てられて吸われると、背中がぞくぞくした。

「んん……」

門原の動きにつられるように、奏汰も腰を揺らしてしまう。挿入されている時はただただ門原にされるままなのに、今は何か、貪欲だ。門原に弄ばれ続けている性器は限界に近くて、なのにあともうひとつ、射精に至るまでの刺激が足りない。

それがもどかしくて、やわやわと性器に触れる相手の指に無意識に指を掛けた時、別の指できゅっと乳首を摘まれた。

「……ッ……」

声もなく、奏汰はびくびくと身を震わせる。その反応を楽しむように、門原の指の動きが執

拗になった。親指と人差し指の腹で押し潰すように乳首を捏ねられ、少し痛いくらいだったのに、それが気持ちいい。

「奏汰」

おまけに耳許で名前を呼ばれたのがとどめだった。奏汰は体を強張らせ、小さく胴震いして、達した。

「……、……あ……っ」

胸を弄っていた門原の手が奏汰の腰にかかる。

何度か強く内腿を擦られたあと、尻の辺りに温かく濡れた感じがした。

「ん……ん……」

荒い息の中から変な声が零れ落ちないよう、奏汰は手の甲を唇に押しつけて、どうにか呼吸を整えようとした。

しかし背後からぎゅっと力を籠めて両腕で抱き締められ、結局、吐息と共に甘ったるい声を漏らしてしまう。

「支度しないとな。奏汰、シャワー浴びてきな」

門原はそう言うが、奏汰はまだちょっと動けそうになかったし、門原の腕にも力が籠もったままだ。

「まだ……今日遅番だし、あと十分くらい、大丈夫」

「そっか」

そこで「よしよし」という調子で頭を撫でられるのが、嬉しいような、子供扱いで不満なような。奏汰は体をもぞつかせ、寝返りを打って、門原と再び正面から向き合った。

「うーん。十分で直るかな、これ」

門原が大仰に眉を顰めて奏汰の顔を覗き込んでくる。奏汰は門原を見返し小さく首を傾げた。

「直る？　って？」

「この顔。またぽやぽやした顔になって」

指の腹で目許を強めに擦られて、奏汰はぎゅっと目を閉じる。

「そんな顔してますか？」

「してるしてる。エッチする前とかしてる時とした後の奏汰は、もう本当、野放しにしとくのが怖ろしくなる顔をする」

「それもう、ほぼ全部の時じゃないですか」

自分がどんな顔をしているのか奏汰にはよくわからないながら、門原に触ってほしいとか触りたいとか思った時から、気持ちがとろけるようになって収まりがつかなくなる自覚はあるので、それが滲み出てしまっているんだろうなあと想像する。

「大体毎日門原さんとエッチしてるんだから」

「まさかそんな体力がこのおじさんに残っているとは……」

門原はやけにしみじみしていた。

このマンション、元から門原の住んでいた部屋に奏汰が越してきてから三ヵ月、ほとんど毎日ベッドを共にしている。一応奏汰は空いていた六畳(じょう)とウォークインクローゼットのある部屋をもらって、シングルベッドも新たに買ったのだが、部屋もベッドもほとんど使っていない。寝る時は門原の寝室のダブルベッドで一緒に眠る。

奏汰がまだ慣れない仕事で疲れ切っている日もあるし、門原も忙しい日は机に座りっぱなしだったり、逆にあちこちの顧客(こきゃく)のところへ足を運んでくたくたの日だってあるから、毎日毎日体を繋(つな)げているわけではない。

が、服を脱いでベッドに入って――という手順がないだけで、夕食の後にソファで並んでいちゃいちゃとキスをしたり触り合ったり、挿入がないだけでお互い満足するまでの行為は日に一度はしているから、奏汰が「大体毎日エッチしてる」と表現するのは正解だ。

「十代の頃だって、こんな箍(たが)が外れたことはなかったんだけどなあ」

ぼやきのように聞こえる門原の言葉に、奏汰は嬉しくなってしまう。

「俺が初めてで特別だってことですか?」

真正面から訊ねると、門原が笑いを噛み殺すような顔になって、間近で奏汰を見返した。

「そうそう。奏汰が初めてで、特別」

「何で笑うんですか、ここで」

「可愛いなあと思って、奏汰君が」

一回り以上の年齢差はどうしても消えず、門原は何かと言えば奏汰を子供扱いするような、自分を年寄り扱いするような言い回しをするが、可愛くないと思われるよりは可愛いと思ってもらえる方がずいぶんいいので、奏汰は不満を飲み込んだ。

（出来れば可愛いよりも、色っぽいとか、そういう方がいいんだけど——門原さんみたいに）

門原は恰好(かっこ)いいし、随所(ずいしょ)随所で色気がだだ漏れだ。

従兄(けいし)の家で同居生活を送っていた時も、門原は遠慮なく好きに暮らしているように見えていたが、今は自分のマンションで、もっと自由に振る舞っている。眠たそうに欠伸(あくび)をする顔、ちょっとだらしなくパジャマの上着のボタンを留めずにひっかけたまま歯を磨(みが)く姿、皿洗いの時に腕まくりしたシャツの袖(そで)から覗く腕の筋、持ち帰った仕事をノートパソコンでこなしている時の真面目な横顔、細かいところのひとつひとつが奏汰の胸をいちいち締めつける。

（もー……好き……かっこいい……）

本当はこのまま、仕事になど行かず、延々ベッドでいちゃいちゃしていたい。

が、そういうわけにもいかず、十五分ほど過ぎたあとに奏汰はしぶしぶ起き上がった。

「仕事行かなくちゃ……」

「俺も今日、夜は少し遅くなるから。もしかしたら飯は外になるかも。奏汰も適当にすませといてくれ」

門原は一人で自分の税理士事務所を回していて、ときどきは打ち合わせや接待で遅くなる時がある。今は八月、法人の申告も終わって繁忙期はとっくに過ぎているが、税理士としての仕事以外にもやたら相談ごとを抱えているから、門原はいつでも忙しそうだった。

（でもこれでも多分、俺がここに来てから、無償の相談みたいなのはずいぶん減らしてるんだよな……）

門原の顧客の大半が、いわゆる夜の商売の人たちだ。店を経営している側、その店に雇われている側、昼の職業ではあまり見かけない類のトラブルに駆り出されることが多いらしい。

奏汰が門原と知り合ったのだって、その「トラブル」の一環だ。門原の面倒見のよさがなければ今こうして一緒にいることはなかったと思えば、仕事以外の理由で門原が家を空け、ひとりで食事を取る羽目になることにも、文句は言えない。言いたくない。

「なるべく早く帰るからさ」

奏汰は考えたことすべてを飲み込んだのに、門原は優しい、少しすまなそうな顔で笑って、また奏汰の頭を撫でてくる。ということは今日の用事も多分、仕事ではなくトラブルの方なのだろう。

「うん、待ってる」

奏汰も笑って頷いた。何か少しだけ胸にひっかかる小さな小さな砂粒のようなものを感じたが、飲み込んで、シャワーを浴びるために門原の寝室を後にした。

奏汰の仕事の方はと言えば、順調としか言い様がなかった。

何しろ入社以来の悩みの種だった先輩、下田が先々月、急に店を辞めたのだ。

引き抜きがあったのだと、他の同僚から噂で聞いた。別のアパレルブランドのショップから声がかかって、夏のクリアランスセールの真っ最中に突然辞表を出したから、奏汰たち他のスタッフは阿鼻叫喚の地獄だった。

(当てつけだったんだろうなあ)

入社以来、奏汰に対してちまちました嫌がらせをしてきた下田のやり口は、体育会系店長に見抜かれてしまった。善くも悪くも直情的な店長は、奏汰に向けていた叱責を、今度は下田に向けるようになった。下田がうまいこと自分のミスを奏汰に押しつけようとするたび、奏汰の手柄をさり気なく横取りしようとするたび、それに目敏く気づいた店長に「下田くーん」と声をかけられ、「もうちょっと自分で頑張ろう、それが下田君の伸びるチャンスだよ」と励まされ、うんざりしているのが奏汰の目にもありありと見て取れた。

そしてやはり、他の同僚たちも、奏汰と似たり寄ったりの被害に遭っていたようだ。だから誰も下田をフォローすることなく、露骨に無視されたり嫌がらせを返されたりすることはないが、どこか腫れ物に触るような扱いで一ヵ月、それが下田の我慢の限界だったらしい。

下田が辞めたあと、奏汰のロッカーが誰かに蹴られたようにへこんでひしゃげ、整髪料のようなものがぶちまけられていたが、奏汰はショックを受ける暇もなく、下田が入る分だったシフトに代理で入り、下田のいい加減な発注や在庫管理の後始末で冷や汗を流し続け、セールが終わった後も、下田が請け負っていた仕事の引き継ぎで仲間たちと共に右往左往した。

それらがようやく落ち着き、結果的には下田がいた頃よりも商品管理やスタッフの連携もうまく行くようになり、ショップの雰囲気がぐっとよくなって、売り上げもわずかながらに増加傾向にある。

こうなればもう、毎日の仕事が楽しくて仕方がない。もともと憧れのブランド、職業だ。立ち仕事、接客、服の詰まった段ボールばかりでなく陳列什器の移動やディスプレイの交換など、思った以上の力仕事で疲れはするが、奏汰は日々充実していた。

「秋山君、レジ閉めは俺がやるから、清掃終わったら先に上がっていいよ」

下田の穴を補うために期間限定で他店舗からヘルプに入ってくれている先輩社員は有能で気が回り、奏汰は残業することもなく、一日の業務をすっきりと終えることができた。

「はい、じゃあお先に失礼します」

すでにシャッターを閉じた店のフロアからスタッフルームに引き上げる。ロッカーから荷物を取り出すついでに携帯電話を確認したら、門原から、やはり遅くなるので夕飯は食べて帰るとメッセージが入っていた。

寂しいが、仕方がない。一人で外食する気分にはあまりなれなかったので、奏汰は適当に食材を買って家で食べることにした。

ついでに、常備菜を作っておこうと思い、マンション近くのスーパーに立ち寄る。

母一人子一人の生活が長く、忙しい母親に代わって食事の支度をすることもあったものの、基本が曖昧なまま作っていたので特別腕がいいわけでもなかったが、門原がなかなかの料理上手なため、奏汰だってやる気を出さないわけにはいかない。

練習がてら、あれこれと惣菜をつくるべく、スーパーで食材を買い込んでいく。

「あっ、カナちー」

特売の豚肉パックの鮮度を真剣に見極めようとしている時、明るい声に名前を呼ばれた。顔を上げると、見知った若い女性の姿がある。

「未央さん」

「やだー、豚肉とか買ってエッチー」

どういうことだろう、と疑問に思いつつも、奏汰はキャミソールにショートパンツという露出度の高い服を着た女性と、その後ろで小さく頭を下げている女性に笑みを向けた。

「乃亜さんも、お疲れさまです。これから出勤ですか?」

「ええ、夕食と差し入れを買いに」

アッシュカラーにピンクの長い髪の未央と違い、乃亜は黒髪のボブカット、服装もベージュのシャツに小花柄のフレアスカートと、清楚な印象だ。ふたりとももともとは門原の知り合いだった。キャバクラに勤める売れっ子キャストだ。店で食べるものを買いに来たらしい。

「よっしーは？」

未央はきょろきょろと辺りを見回している。よっしーとは門原のことだ。門原佳久という名前なのでそう呼ばれているのだろう。

「今日は仕事で遅くなるって」

「じゃあカナち寂しいねえ」

同情気味に未央が言う。奏汰は曖昧に笑った。

水商売や風俗関係の女性とつき合いの多い門原に特定の恋人が出来たというのは、その界隈で結構なニュースになった。

……ということを、奏汰は未央たちから聞いた。

奏汰もいくらか予想はしていたが、面倒見がよく稼ぎもいい門原は、相当モテるらしい。なのに絶対誰ともつき合わないし、一夜限りの関係も持たないから、さらに信頼度が上がって彼を狙う人が増えていく。女性のみならず、「男でもよっしーにガチ恋の子が結構いるんだよ」とのことだ。

だから門原が自分の家に奏汰を連れ帰って来た時は、その夜のうちに知らない者はいないほどの騒ぎになったという。大袈裟な、とは奏汰には思えなかった。何しろ門原と暮らし始めて以降、どこにいっても妙に周りから注目を浴びている気がしていたからだ。門原の自宅は風俗店の多い歓楽街からは少し離れたところにあるが、歩いて行ける距離だし、その辺りで勤める人たちもそこそこの数住んでいる。

門原の別れた妻が耐えかねて出て行った理由はこれなんだろうなあと、奏汰は実感していた。自分の夫が歓楽街でモテているのを目の当たりにしたら、大抵の妻は落ち着かない気分になるだろう。

「暇だったら指名してね」

未央が商売っ気たっぷりな笑顔を見せる。女の子には、というか門原以外にはそういう意味で興味がない奏汰でも、「可愛いなあ」とほっこりするような様子だ。

「全然響いてないから、未央」

乃亜が冷静に言った。彼女は昼間は中小企業の事務職で、夜は週に何度かだけキャバクラのキャストをしているそうで、キャバ嬢が本職の未央に比べれば、全体的に落ち着いた雰囲気だ。

「奏汰君は門原さん以外に勃たないのよ。未央がいくら媚びても無駄」

しかし出てくる言葉は遠慮がない。多分彼女も自分の反応を面白がっているんだろうなあ、と奏汰は察していた。門原と出会う前は、性体験はもちろん、誰かとキスや手をつないだこともなかったのだ。相手が綺麗な女性だとか年上だとかに関係なく、勃つなどとさらりと言われれば、動揺して、視線を泳がせてしまうことが止められない。

「乃亜の方がカナちいりじがえぐいんだっての。ごめんね、この子もよっしーにガチだったから、カナちのこといじめてはらいせしてるんだよね」

「こうなったら奏汰君を喰って、やったことないプレイでお初もらって、門原さんに吠え面かかせたいからね」

「ははは……」

奏汰だって客商売をしているとはいえ、未央や乃亜たちにはまるで太刀打ちできない。笑うしかなかった。ここで「門原さんを独り占めしてすみません」と謝るのはむしろ悪い気がするし、かといって「本当に門原さん以外には勃たないので無理です」とさらっと答えられるほど場数を踏んでいないし、ノリで「いいですね、喰ってください!」などと冗談でも口にすれば本当に二人掛かりで近くのホテルに連れ込まれる予感しかない。

とはいえ、これでもこの二人はかなり「奏汰いじり」がライトな方だ。人によっては門原と奏汰の夜の生活についてセクハラなどという言葉が生易しいレベルで猥言だらけの質問をして奏汰が真っ赤になる様子を楽しんだり、もっとあからさまにベッドの誘いをかけたりしてくる。

誰からも悪意を感じず、とにかく面白がっているだけなのはわかるから不快ではないのだが、うまく躱せずおろおろしてしまうのが我ながら辛い。

(いっそ嫉妬で嫌がらせとかの方が、楽に無視できるんだけどなあ)

嫌がらせなら、自慢ではないが慣れているので、柳に風と受け流すことは簡単なのだが。

「てゆうかごめん、ツレの子いた？　うちらみたいのが話しかけたらまずかったかな？」

「え？」

何とか話題を穏当な方に逸らせないかと内心で四苦八苦していた奏汰は、未央の言葉で伏せていた目を上げた。

「あれ、気のせいかな。カナちのことすごい見てる子いたから」

奏汰も未央が見ていた青果売り場の方を見遣ったが、特に知り合いの姿はない。

「未央がキャバスケ丸出しの姿してるから目立ってんじゃない？」

「うっさいな、清楚ビッチに言われたくありませんー」

たしかにこの二人はとても目立っている。どちらも美人で、タイプが違うから余計に目を惹くのだ。

「それじゃうちら、行くね。よっしーにたまには指名してねって言っておいてね」

「奏汰君も、よろしくね」

二人が去っていくと、奏汰はいささかほっとした。これまでの人生、綺麗な女性から好意的に接してもらった覚えがほとんどないので、どうも、慣れない。いや、最初のうちだけなら好意的な相手はそこそこいた気がするのだが、距離感がやたら近かったり、かと思えば急に冷たくされたりするので、他人から声をかけられることがすっかり苦手になっていた。

しかし未央たちの場合、もうあきらかに、異性として見られていないのがわかる。誘惑するような言葉を口に乗せるのは面白がっているからで、本気の欠片もないことくらい、経験に乏しい奏汰にもわかった。

油断すれば面白がったままベッドに引っ張り込まれそうな勢いがある辺り、緊張感が拭いきれるわけでもないのだが、断ればわかってくれそうな空気を感じる。

（いい人たちだなあ）

みんな軽やかで、明るくて、楽しい。

学生時代からバイト三昧で友達らしい友達もいなかった奏汰にとって、気軽に話しかけてくれる相手が増えたというのは、嬉しいことだった。

（門原さんのおかげだ）

この環境を作ったのは百パーセント門原だ。門原が周りの人たちに親切に接してきたから、その恋人たる自分が、面白がられからかわれつつも、受け入れてもらえている。

（よし、今日も少しでもうまいものを作れるように頑張ろう）

収入差を考慮し、生活費は門原の方がより多く負担してくれていて、精神面でも絶対に自分の方が支えられている部分が多い。だからせめて少しでも門原に報いるために、掃除なり、料理なりを頑張りたい。門原に褒めてもらいたいし、奏汰がいてよかったと言ってもらいたい。

やる気に満ちた気分で、奏汰は買い物を続けた。

2

「まさか門原さんともあろう人が、あんな子供に手を出すなんてね」

しまったなあ、と思いながらもその内心は顔に出さず、門原は黙って出されたコーヒーを口に運んだ。

「どうりで、どんなに粉かけても、靡かないわけだわ」

開店時間はとっくに過ぎ、いつもなら常連客で賑わうはずのクラブ。こぢんまりとした隠れ家的な存在で、女の子たちの質もよく、他の客の紹介がない限り入店の許されない、いわゆる「一見さんお断り」の店だ。

数年前に先代から店を譲られたママはまだ二十代後半だが堂に入った切り盛りで、若く賢く美しく機知に富み、彼女に本気で言い寄る男は後を絶たない。ママにその気はないのにのぼせ上がり、金と力、時には暴力で言いなりにしようとする輩が現れ、門原がそのトラブルの対処に関わったのが二年前のこと。

以来ママは門原に惚れ込み、隙あらば口説いてくるものの、『助けた女の子とそういう仲にならない』と自分に課している門原は、遊びでもそれに応じたことはなかった。

「咲妃さん、男作る気ないって言ってただろ」

いつもどおり、のらくらと躱す。

「門原さんは別に決まってるでしょ。客を相手にする気はないって言ってるの、もめごとは嫌だし、大体私、クラブだのに通い詰めるような男って好みじゃないのよ」

「身も蓋もないなあ。ところで、アリサちゃんにつきまとってる男ってのは？」

今日はそもそも、このクラブに勤める十代の女の子が別れた恋人につきまとわれ、店に逃げ込んできたからと、咲妃ママから連絡を受けて仕事の合間に急遽立ち寄ったのだ。

夜の街ではこの手のトラブルは日常茶飯事で、強面で手慣れた門原が出張っていけば、多少やんちゃなくらいの男ならすぐに引き下がる。

（そういえば奏汰も、最初は俺のこと、本業の人だと思ってたなあ）

恋人との出会いを思い出して、門原はふと表情を緩ませてしまった。

自分の容姿があまり堅気らしくない、少なくともぱっと見で税理士だとわかるようなものではないと門原自身も承知している。奏汰にもきちんと素性を明かすまで誤解されていた。

奏汰が相手でなくとも、「事務所」と言えば自身が経営している税理士事務所のことなのに、「組事務所」だと勘違いされることの方が多い。

学生時代からの友人であり税理士事務所の顧客でもあり、いくつか風俗店を経営している窪田も、本人はクリーンな営業を目指しているので暴力団と一切関わりを持たないようにしているが、都合上もめごとを多少暴力的に収めることもあり、一部の同業者からは怖れられ頼られている。傍から見れば「その筋の人」と誤解されても仕方がないだろう。
だから窪田と親しい門原に対する誤解も深まり、ついでに怖がってもらえるおかげでトラブルが素早く解決することもあるので、門原も進んで自分は清廉潔白ですと主張せずにいる。
咲妃にまとわりついていた男も、門原をヤクザの幹部だと誤解して、この店は暴力団が経営していると噂を流そうとした。暴力団が絡んでいるとなれば、夜の街の店などあっという間に警察に摘発されて終わりだ。だがもちろんそんな事実は微塵もなく、何なら管轄の警察官とは顔見知りなので、彼らにお願いして男をお持ち帰りしていただいた。妻子も会社での立場もある男は家庭への連絡を怖れて、二度と咲妃に近づかないとなぜか門原に土下座して、以来姿を見せていない。

　門原のしたことと言えば、警察への連絡だけだ。相手が咲妃でなくても、たとえ通りすがりの見知らぬ相手だとしても、困っていれば善意の一般市民として義務を果たすつもりだ。

　この一件以来咲妃が自分を憎からず思うようになっていたことはわかっていたが、それもまた珍しいことではなかったので、あまり気にしていなかった。誰が相手でも、この街の女の子とは特別な関係にならないし遊びでも寝ない。言い寄っても無駄だということは賢い咲妃ならわかっていて、お互い恥を掻かないためにも、おおっぴらに、本気で口説いてくることはないだろうと思っていたし、実際その通りだった。それで今日も、店の女の子が危ないと聞いて様子を見に来たのだが、まあ、迂闊だったのだろう。

訪れてみれば店にいるのは咲妃だけ、当のアリサも相手の男もおらず、ついでに他の従業員も客もいない。

「興奮してしばらく暴れてたけど、アリサに怪我をさせたら急におとなしくなって、逃げ帰っていったわ。アリサは今他の女の子に付き添われて病院。暴れられたせいで今日の氷とおしぼりが足りなくなりそうだから、替えの手配が終わるまで店は営業開始時間を遅らせてる」

淀みなく咲妃が説明する。おそらくアリサが怪我をしたのも、元彼が暴れたのも本当だろうが、両方大した規模ではなかったのだろうと門原は推測した。咲妃はきっと、この状況を利用して、門原を呼び出し二人きりになる機会を作ったのだ。

「なら俺の出る幕はなかったなあ。咲妃さん一人でうまく立ち回れただろ」

「門原さんが来てくれるって思ったから、怖いけど頑張れたの。私は門原さんが思ってるよりも弱いんだからね」

カウンターの向こう側にいた咲妃が、こちらに出てきそうな気配を感じる。門原はコーヒーをほとんど飲まないまま、スツールから腰を浮かせた。

「必要だったらアリサちゃんから元彼の顔写真でも送っておいてもらえたら、みかけた時にお話しておくから」

「待って。あの男がまた来たら怖いわ、誰か戻って来るまでここにいて」

話は終わり、とばかりに店の出入口へ歩き出した門原の背中に、カウンターから回り込んできた咲妃がぶつかるように抱きついてきた。

「悪いけど、これから仕事なんだ。心配なら、若いやつ何人か手配するぞ？」

門原は気にせず歩くが、咲妃も負けじと門原のシャツの腕を両手で摑み、離さない。

「おいおい、破れるだろ」

このシャツは奏汰が選んでくれたものだ。濃いグレーのオックスフォードシャツ、量販店で普段着用にといくつか見繕ってくれたうちの一枚で、門原の収入から言えば安価なものだが、結構大事に着ている。

「あんな子供、まさか本気でつき合ってるわけじゃないわよね。どんな境遇で絆されたの？それとも男の子なのが珍しかった？」

「子供って、咲妃さんとそう変わらないよ。少なくとも俺よりは、咲妃さんの方が歳が近い」

「はぐらかさないで。私の気持ち、知ってるくせに。狡い男ね」

「はい、はい」

ドラマティックに縋りつく咲妃の手首を摑み、慎重に、かつ素早くシャツから指を離させた。

「アリサちゃんのことは気をつけるように、それとなく顔見知りには話しておくから。それじゃ、約束の時間だからね」

ぽん、と咲妃の頭を子供にそうするように叩き、にこりと優しい笑顔を向ける。咲妃がむっとした顔になるのを視界の端で捉えつつ、門原はさっさと身を翻し、今度こそ店を後にした。

（いや、まいったまいった）

奏汰とのことが周囲に知られてから、咲妃だけではなく、やたら街の女の子たちから声をかけられる。ある程度そうなることは予想していたとはいえ、思った以上だ。

（奏汰が可愛いのがまずいんだよな）

これがおそらく、男だろうと女だろうと、気弱そうないかにも過去に傷を持っていそうなタイプだったら、当たらず障らず、せいぜい門原の顔を見た時にときどきからかうくらいで終わっただろう。逆に、百戦錬磨の酸いも甘いも噛み分けたタイプが門原の家に棲み着いたのなら、何も言われずにすんだかもしれない。

しかし奏汰はあれだ。生い立ちを聞けばなかなか苦労してきたようだし、見た目よりもずっと肝は据わっているのだが、見た目は売り出し中の若手俳優のごとく整っているし、アパレルショップの接客業だけあって身なりも洗練されていて、何より世間擦れした雰囲気が一切ない。夜の街のお兄さんお姉さんから見れば赤ん坊のようなものだろう。門原にだって最初はそう見えた。これは野放しにしておいては駄目なやつだと。

間違っても彼らの毒牙にかかってはいけない。どうせそのうちばれるならと、門原は最初から隠さず、「大事な子が出来た」とまず窪田に伝えた。噂は一夜で街を駆け巡った。興味津々の輩が「大事な子」のことを訊ねてくるたび、門原は「本当に大事にしているので、手出しされたら本気で怒るし悲しむだろうなあ」と伝えていったら、ほとんどの人が門原の言い種をからかいながらも「なら相手に妙なちょっかいはかけない方がいいのだろう」と察してくれた。門原は嘘偽りなく善良で後ろ暗いことのない一介の税理士だが、本気で怒れば窪田に頼り、警察に頼り、仕事で知り合った弁護士にも頼り、最終的にはすべての柵を捨て我が身を顧みず相手を破滅させる。——という気質を、どうやら理解してくれたのだろう。

（若い頃はまああ、無茶もしたからなあ）

最近は大人の駆け引きも覚えたが、血の気の多い頃は窪田と一緒になって、腕っ節で問題解決に励んだこともある。前科はないので清廉潔白と言い張るが、結構危ない橋も渡ってきた。

（……なんて知ったら、奏汰はドン引くかな？）

いや、あの子はきっと目をキラキラさせて、「門原さん、かっこいい……」と呟くに違いない。うっとりと自分をみつめる奏汰の姿が容易に想像できた。

「おっ、門原さん、ご機嫌っすね」

店から出たところで知り合いに声をかけられ、門原は自分がすっかりやに下がっていたことに気づいた。自覚がなかった。

「コレとうまくいってるんすか？　いや、こっちか？」

まず小指を立ててから、親指に変えて自分をからかってくるキャバクラ店の黒服に、「昭和の親父かい」と苦笑してみせてから、門原はその場を立ち去った。こっそり自分の頬を掌で叩く。こんな姿をさらに誰かに見られたら、せっかく奏汰にちょっかいかけないよう凄んでおいたはずなのに、台なしだ。

「すっかり骨抜きだよ、おじさんは……」

今はそばにいない奏汰に向けて、門原はぼやくように呟く。どちらかといえば自分は身持ちが堅い方だと思っていたので、年下の恋人ができてこうなることは想像していなかった。

あとは窪田ではない風俗店のオーナーと資金繰りに関する相談に乗るため、相手の事務所に出向かなくてはならない。できれば奏汰も働いている昼間のうちにすませたいのだが、どうしても深夜帯ではないと動きたくないという相手からは、がっぽり相談料をせしめよう。

そう決めて、門原は足取りを速めた。

仕事は思ったよりも早く片づいて、八時過ぎには家に戻れた。

「おかえりなさい、門原さん」

帰宅時間はあらかじめ報せてあったので、マンションに帰り着くと、いそいそと奏汰が玄関まで出迎えてくれた。

「ただいま」

門原が帰ってきたことが嬉しくてたまらない――という表情を隠そうともしない奏汰が可愛

くて、何ならこのまま担いで寝室に連れ込んでやろうかこの野郎と思いつつ、門原はそんな下心は上手に隠してただその綺麗に整えられた髪を撫でた。咲妃にそうした時とは違う、愛しくてたまらないという仕種で。

「食事はしてきたんですよね」

「うん、あわよくば回避しようと思ったんだけど、レストランに連れ込まれちゃって。その後の飲みだけは逃げてきた」

　どうも門原の顧客は、税理士先生を過剰接待しようとするきらいがある。窪田の友達だからと気遣っているのか、風俗業の相手を嫌がる税理士が多い中で快く応じてくれる門原を大事にしてくれているのか、その両方か。

　去年は朝まで高級クラブで接待コースだったが、今年は勿論断った。相手も奏汰の存在を耳にしているのだろう、「若い子犬にめろめろだって聞いたけど、先生、マジだったんだなあ」などとからかわれつつ帰ってきたのだ。

「じゃあ食事はいいか。コーヒー淹れますね」

「うん、ありがとう」

　きっと奏汰は、万が一門原の予定が変わった場合にすぐ食事が取れるよう、準備してくれていたのだろう。そういう子だ。多少無理をして胃に収めてもいいのだが、その無理に気づけば奏汰は気を遣わせてしまったと自分を責める。奏汰のしょんぼりする顔は見たくない。

「大人になったなあ、俺も」

門原はしみじみ呟いた。別れた妻にはそういう気遣いをして、傷つけた。よかれと思って精一杯優しくしたのが裏目に出て、私はお人形じゃないのよとキレられた。その轍は二度と踏みたくない。

「何か言いました？」

門原のひとりごとを聞き止めて、先にキッチンに向かい廊下を歩いていた奏汰が振り返る。

「ん、何でもない。コーヒー、お湯たっぷりでね」

「はい、薄めで。あ、先に、ちゃんとうがい手洗いしてくださいね」

「はいはいっと」

門原は廊下を途中で折れて、洗面所に向かった。言われたとおりしっかり手を洗っていると、奏汰が洗面所に顔を出す。

「軽く、甘いものなら食べられますか？　いつもの白あん饅頭、買ってきたけど」

「お、じゃあ摘まもうかな」

「はい、じゃあ一緒に――」

鏡越しに笑顔で頷きかけた奏汰の表情から、ふとその笑みが消えた。

何だ？　と思って振り返ろうとした時、洗面所の外に立っていた奏汰が、ずいっと中に入ってくる。

「奏汰？」

「汚点がついてる」

「ん？」

「背中。脱いでください、洗わないと跡が残りそうだ」

奏汰に促されて、門原はシャツのボタンを外した。汚した覚えはないが、何かに擦ったりしたのだろうか。脱ぎ終えたシャツの背中を見て、門原は「んっ」と声を漏らしそうになった。

生地の一部に、たしかに汚点がついている。濃いグレーがさらに濃くなったように見える汚点は、どうにも、唇の形にしか見えない。

（やられた……なんて古典的な手法を使うんだ）

シャツに口紅のマーキングなど、あからさますぎる。どう考えても咲妃の仕業だ。

「油汚れでいいのかな……漂白剤だと色落ちするか」

門原の手から、奏汰がそっとシャツを取り上げた。

「整髪料がついた時の相談なんかは結構されるんですけどね、うちの店、メンズだから」

奏汰は門原のシャツの汚れを、洗面所の天井の明かりに透かして点検している。

「口紅はさすがにわかんないな。調べた方がいいかな」

「悪かった」

門原が潔く謝ると、奏汰がシャツから門原に目を移し、首を傾げた。

「大丈夫ですよ、ちゃんと落とすから。洗濯ならまかせてください」

　一生懸命家事をやりたがる奏汰は、たしかに洗濯の腕前も立派なものだが、そうではなく。

「せっかく奏汰に選んでもらったから、大事にしてるんだ」

「だから、大丈夫ですって。門原さんも、誰かにいたずらされたんでしょう。俺も今日、未央（みお）さんと乃亜（のあ）さんにさんざんからかわれましたよ。みんな、こう……おっかないですよね」

　声をひそめて呟く奏汰が、本当におっかなそうなので、門原はつい噴き出してしまった。

「いじめられたか、あの二人に？」

「そこまでじゃないですけど。でも門原さんの知り合いは、会う人会う人面白がって声かけてくるから、門原さんもそういう目に遭（あ）ってるんだなあっていうのはわかります」

「うん、まあ、かなり面白がられてるよな」

　奏汰がどんなふうに街のお姉さんたちにからかわれているかは、門原にも容易（たやす）く想像がつく。あんまり遊ばないでやってくれよ、と未央たちにも釘（くぎ）を刺（さ）しているのだが、当分はおもちゃにされるだろう。

「俺と奏汰が一緒にいるのがあたりまえになれば、収まるだろうから。もうちょっとだけ我慢してくれ」

「我慢なんて。そりゃおっかないけど、でも、構ってもらえて嬉しいですよ。街中で誰かに会って声かけられるとか、今まで滅多（めった）になかったですから」

そういえば、奏汰はこんなに可愛くていい子なのに、友達がいないのだった。近づきたいと思っている人なら山ほどいただろうに、奏汰がその好意に気づいていなかったふしがあるのは、アルバイトや家のことで忙しかったせいばかりでなく、小さい頃から親戚や近所の人たちに心ないことを言われ続けたせいだと門原は察している。そもそも自分が好かれる人間だと思っていない。邪険にされるのが当たり前すぎて、かなり真正面から向かってこられないと、好意に気付けないのだ。きっと同い年の子供たちは、奏汰の容姿に憧れて嫉妬してうまく近づけなかったり、せっかく声をかけても素気なく袖にされたと思って腹を立てて、結局遠巻きにされて終わったのだろう。相手の複雑な心理を読み取ることが奏汰にはできず、結局「嫌われてるな」と判断して終わってしまう。

そう考えると、未央たちにぐいぐい迫られるのは、いいことにも思えてくる。いじられて戸惑いはするだろうが、少なくとも悪意がないことは奏汰にもわかるだろう。嬉しい、と言ったのがその証拠だ。

「でも、からかわれすぎて嫌な気持ちになるようなら、ちゃんと言えよ？　俺も、こういう悪戯する奴には、もう二度とやられないように注意するから」

「はい」

なぜか奏汰の方がお説教された側のように、殊勝に頷いている。

「とりあえず、これ、洗っちゃいますね」

奏汰がそう言った時、門原のパンツのポケットに入れてあったスマートフォンが鳴った。電話の着信だ。取り出してみると、発信者名は「アリサ」。

「んん」

このタイミングだ。門原は一瞬躊躇（ちゅうちょ）したが、結局電話に出た。咲妃だったら気づかないふりをしたかもしれない。

「もしもし？」

『か、門原さん、助けて。家の前、あいつがいて……』

アリサの押し殺して震えた声がスマートフォン越しに聞こえてくる。ただならぬ雰囲気を察したのか、奏汰も門原の方を見た。

「元彼か。今、アリサちゃんの家？　一人なのか？」

『さっきまでマリさんいてくれたんだけど、自分の彼氏が他の女と会ってるって連絡来て、彼氏殺してくるって出て行っちゃって……』

ドン、と電話の向こうで何かを蹴（け）りつけたような音がした。同時にアリサが悲鳴を上げる。

「とにかく絶対ドア開けないで、応答もしないで、すぐ警察に通報しなさい」

『警察は嫌、あいつ一回薬でパクられてて、あ、あたしんちにも隠してるとか言ってる。親バレしたら、連れ戻されちゃう……！』

アリサは家出人だ。高校卒業間際に親の虐待（ぎゃくたい）から逃げ出して、咲妃の店で働いている。警察が動けば、彼女自身に薬の反応がなくても、所持していた自覚がなくても、親元に連絡が行くのは間違いない。

『あんな奴らのところに戻るなら、死んだ方がマシ！　殺される前に、死んでやる！』

何かを蹴る音が激しくなり、アリサの声は悲鳴のような響きになった。

門原はそっと奏汰を見遣る。奏汰は心配そうな、不安そうな顔をしていた。

「──今、そっちに誰か向かわせるから。少しだけ電話切るよ、大丈夫だから、ドアにも窓にも近づかずに、部屋の真ん中にいるんだよ」

それだけ言って、門原は一度アリサとの電話を切った。すぐに窪田にかけ直し、手短に事情を伝えて、手の空いている強面がいたらアリサの家に行ってもらうよう頼む。窪田はすぐに、非番の黒服に声をかけると応じてくれた。

「門原さん、行かなくて、大丈夫ですか」

固唾を呑む様子で門原を見守っていた奏汰が、遠慮がちに声をかけてくる。

門原は窪田の折り返しの連絡を待ってスマートフォンを握ったまま、頷いた。

「すぐに誰か、助けに行ってくれるだろうから」

しかしなかなか窪田からの電話が来なかった。すぐに動ける人員がみつからないのだろう。

アリサからは何度も泣き声で電話がかかってくる。三度目に、取り乱して喚くアリサを「連絡待ちだから」と宥めて通話を切った時、奏汰が門原の手を掴んだ。

「もしもだけど、俺のこと気にしてるなら、大丈夫だから。行ってあげてください。電話の人に何かあったら、俺だって後悔する……」

奏汰が門原の腕を押し遣り、洗面所から出るよう促してくる。

門原は腹を括って、一度奏汰の方に向き直った。

「なるべく早く、帰ってくるから」

奏汰が小さく笑った。

「俺はもう居場所があるし、待ってられるから、大丈夫」

「……」

門原は片腕で奏汰の頭をぎゅっと抱き込んでから、洗面所を出て、玄関に向かった。再びかかってきたアリサの電話に応じつつ、マンションの外に出る。

通りでタクシーを捕まえて乗り込み、アリサの家に向かってもらいながら、車の天井を仰いで溜息を漏らした。

(恋人を放ってまで他の子を助けに行くって、奏汰がいいって言ってくれたって、駄目だよなあ)

奏汰を自分の住むマンションに呼び寄せて一緒に暮らし始めた時、「奏汰を一番に優先したいから」と言って、トラブルの相談に乗らないようにすると言ったのは、門原の方からだ。

だが奏汰は、「でも俺が門原さんと知り合えたのも、門原さんがそういう人だから」と言って、首を横に振った。

『門原さんって、自分の目に入るところで誰かがひどい目に遭ってたら、見過ごせないでしょう？　お人好しなんだから』

自分こそ人のよさ丸出しの顔で言う奏汰を、門原は思わず抱き締めたものだ。

『極力、もめごとに手を出さないようにするから。よっぽど危ない目に遭ってる人がいて、俺しか助けられない時だけな』

そういう約束だったはずだ。

今これが自分にしか助けられない状況とは、正直言い切れない。アリサの身の安全を第一にするなら、とにかく警察に保護してもらって、両親とのことはケースワーカーに頼んで――。

（って、そううまくいかないから、俺が出張る羽目になるわけなんだよ）

警察も役所も支援団体も、話を預ければすべて丸く収まるなどと簡単なものではない。アリサ自身が拒否すれば終わりだ。門原が行かなければ、アリサは門原に裏切られたと傷ついて自暴自棄になる可能性がある。かつてアリサが家出して行き場もなくたちの悪い男たちに好き放題されているところを救い出し、働く場所や住む家の斡旋をしてやったのは門原だ。

人助けをしたいなどという高尚な心を持ったことなど一度もなく、すべてが成り行きでしかないのだが、その成り行き任せの人生を門原はさすがに反省した。

（また逃げられるぞ）

以前の結婚相手が逃げ出したように、奏汰も嫌気が差して、家を出て行くようになるかもしれない。そう想像してみただけで、門原はぞっとした。

奏汰に出会うまでは、自分はもう二度と誰かと生涯添い遂げたいなどと考えないつもりだった。考えないようにするというより、考えられない人間だから、結婚に失敗したのだと。

だから離婚してから奏汰と暮らすようになるまで、いろんなトラブルの対処を頼まれては気安く受けてきた。

しかしトラブルの大半が人間関係に因るもので、その場合、一度解決したからそれでお終いとはならないことがほとんどだ。アリサだって、家出した直後に手を差し伸べて終わりではなかった。こうやって頼られる。この先もきっと何かあれば、アリサが真っ先に連絡を取るのは門原だろう。

（この先、誰の問題にも直接しゃしゃり出ないよう気をつけたとしたって……ここ十年で世話した数だけでも、山盛りいるもんなあ）

どうせ自分はこの先独り身だろうから、と気楽に考えていた自分を、門原は悔やむしかない。中途半端に差し伸べた手を引っ込めるのは最低の人間だ。

（新しい厄介ごとには手を出さない。色ボケで日和ったと罵りたいなら罵れ、むしろガッカリして頼りにしないようにしてくれ）

妙な願いを抱えつつ、門原は泣きじゃくるアリサを電話越しに励まし続けた。

3

門原(かどはら)が帰ってきたのは真夜中というか、明け方だった。

「相手の男がまあ暴れて暴れて、結局警察沙汰(ざた)になっちゃって、俺も聴取(ちょうしゅ)されたよ」

疲れた顔で笑う門原を労(ねぎら)い、奏汰(かなた)は夜食や風呂の支度をしようとしたが、止められた。

「奏汰、明日……もう今日か、今日も出勤だろ。ごめんな、待たせて」

門原を放って眠ることもできず、奏汰は起きて帰りを待ち続けてしまった。

(きっと俺の肝(きも)が太くて、門原さんが出かけたあとにぐうぐう寝られるなら、門原さんも心置きなく出かけられたんだろうな)

門原はシャワーを浴びに行き、奏汰はその前に追い立てられてベッドに潜(もぐ)った。

警察沙汰にはなったが、電話で泣いていた女の子は当面安全な場所に保護されたという。部外者ながらに奏汰もほっとした。

(俺だって、怖い目に遭(あ)うところだったもんなあ)

従兄(いとこ)の策略というか、その場遁(のが)れの短絡的な行動のおかげで、ヤクザに売り飛ばされるところだった。助けてくれたのは門原で、今日の女の子も、奏汰と同じく彼に救われたのだ。

門原は、恋人である自分を放って別の女の子の許(もと)へ駆けつけることに、ためらいがあるようだが――それを放っておくのはもう門原ではない気がする。もし「そんなことより奏汰といたい」と言われたら、きっと奏汰は門原に失望するだろう。

だから自分が門原を送り出したことを悔やむ理由はないし、自分から行けと言ったのだから、実際そうした門原に言いたいことは何ひとつないはずなのだが。

（……寝不足のせいか。胃の辺りがモヤモヤする）

なかなか落ちなかった門原のシャツの口紅のことを考えると、余計に胃が落ち着かない。

運悪く今日は早番だ。今から寝ても、二時間後には起きなくてはならない。だったら少しでも早く眠るしかない。奏汰は無理矢理にでも目を閉じたものの、なかなか寝つけず、シャワーを浴び終えた門原が戻ってきてようやく眠気を感じることができた。

すでに奏汰が寝入っていると思っているらしき門原が、起こさないようにそっとベッドの隣に潜り込み、やはり起こさないようにと慎重な手つきで自分の頭を撫でる仕種を感じたら、奏汰はそれまでぐずぐずと寝つけなかったことが嘘みたいに眠りに就いた。

一時間半後、奏汰はどうにかスマートフォンのアラームで目を覚ました。

音は鳴らさずバイブレーションのみにしておいたので、幸い門原はまだぐっすり眠っている。

門原も、というかアリサという女性のところに駆けつけ、警察の対応もしたという門原の方が、奏汰よりもずっと疲れているのだろう。

今日は特に人と会う予定もないと聞いていたので、奏汰は門原を起こさず寝室を出た。自分の分の朝食と一緒に、門原の分のブランチを支度して、ついでに昨日結局食べられなかった饅頭を添えておく。

行ってきます、と門原を起こさないようにごく小声で声をかけ、マンションを出た。仕事場までは、駅まで歩いて八分、電車で途中乗り換えて計九駅、そこから徒歩三分と近からず遠からずだ。まず最寄り駅に向けて進む。開店が十時でその準備のためには余裕を見て一時間前に着いていればいいので、早番とはいえ学生や会社勤めの人たちの姿はもうほとんど見当たらない。駅へは近道のために大通りには出ずに住宅街の間を抜けていくから、なおさら通りは閑散としている。

余り眠れなかったので頭がぼんやりしてしまうが、店に着くまでにしっかり目を覚まさなければ――と思いつつ、奏汰は周囲に人目がないのをいいことに、つい大欠伸をしてしまった。

大きく吸い込んだ息を吐き出そうとした時、ドッと、背中に強い衝撃を感じた。

「えっ」

思わず声が漏れる。気づいた時には目の前にアスファルトの道路があって、咄嗟に両手を出したものの、それでは支えきれずに奏汰は地面に倒れ込んだ。

「い……ッ」

何が起こったのか把握できないまま呻き声を漏らす。

（突き飛ばされた……？）

石か何かに躓いて転んだわけではない。背中を、何かに——誰かに、押された気がする。

どうにか体を起こすと、間近に人が立っていた。

見上げて相手の姿を確認した奏汰は、さらに驚いた。

「下田さん……？」

なぜ彼がここにいるのかがわからず奏汰は混乱する。辞めたとはいえ他のアパレルショップも並ぶ職場近辺ならともかく、こんな、ただの住宅街で。

「相変わらずトロくせぇな、秋山」

下田は冷淡な顔で奏汰を見下ろしながら言った。

「どうせ店でもミスばっかりしでかして、店長に怒られてんだろ。俺のフォローがなくなって、苦労してるんじゃないか？」

「はあ……」

どう相槌を打ったものかわからず、奏汰は困惑しながらとりあえずそれだけ呟いた。

（そりゃ、入店してしばらくは新人だったからミスもしたけど、下田さんが辞める頃にはそんなに目立った失敗もなくなってたはずだけどな）

ちょっとしたミスはあっても、下田にフォローなどしてもらった覚えがない。むしろ下田のミスを押しつけられたり、した覚えのないミスをでっち上げられ、店長の心証が悪くなって、働き辛さを感じていたのだ。

下田がなぜここにいるのかがわからないまま、座りこけていても仕方がないので、奏汰は立ち上がった。腰を浮かせた時、下田がすかさずまた突き飛ばそうと構えるのがわかったので、咄嗟に近くの塀の方へと避ける。

右手を大きく空振りさせた下田の目許が、カッと赤くなる。

「マジでてめぇうぜぇし、ダルいんだよ！」

そう言われても、と奏汰は下田の言いたいこともやりたいこともわからずにますます困惑した。

「面倒見て、育ててやった恩も忘れやがって！　調子乗ってんじゃねぇぞ、痛い目見せてやるからな！」

興奮気味にわめく相手をぽかんとして見ていると、下田が顔中を赤くした。

「すかした顔してんじゃねぇよ！」

さらに下田が喚き散らした時、自転車に乗った主婦が通りがかり、あからさまに不審そうな目を向けてきた。

それで下田は我に返ったのか、もう一度舌打ちすると、急に踵を返して奏汰の前から去っていく。

「……？」

奏汰はとにかく呆気に取られ、しばらくその場に立ち尽くしてしまった。

「下田さん？　いや、辞めてから全然連絡とか取ってないなあ」

出勤して、開店準備をしながら他のスタッフにそれとなく下田のことを訊ねてみたが、誰も近頃の下田の動向を知らなかった。

「あの人ちょっと当たりキツかったし、あんまりこっちから連絡取る気しないよ。何でか他のスタッフのこと下に見てる感じだったし、向こうから声かけてくることもないだろ」

下田の数ヵ月後にこのショップに配属されたスタッフが、苦笑いを浮かべて言う。下田と同い年で、他店での経験もあるというのに、たしかに彼も奏汰ほどではないが下田に邪険にされていた。どう見ても、明るく爽やかな好青年なのだが。

「たしか新百合の百貨店にあるテナントに引き抜かれたんだっけ？　海外ブランドだしうちより価格帯も上だし、出世だって大はしゃぎだったよな」

たしかに下田は得意顔で、「ま、秋山君には到底手の届かないショップだろうけど？　この店程度がお似合いだし、せいぜい頑張れよ」と奏汰に言い残して去っていった。奏汰はこのブランドが好きだし大事なので、「お似合い」だと言われても嫌味に聞こえず、嬉しいくらいだが。

「新百合の百貨店って、もしかして去年新しくオープンしたとこ?」

奏汰たちの会話を耳にしたらしい別のスタッフが話に入ってきた。下田の穴埋め(あなうめ)で入ってくれているヘルプの社員だ。

「あそこ、来月一杯で閉店らしいぞ。今在庫一掃(いっそう)セールやってる」

「えっ」

奏汰はつい声を上げてしまった。

「来月って、下田さんが辞めたの先々月ですよね」

「先月頭にブランドが日本撤退(てったい)のニュースリリース出してただろ。なくなる時は末端(まったん)スタッフには知らされずに急なこともあるからな、下田君に声かけたショップの人は、知らなかったんじゃないか?」

「うわー、えっぐい話だなあ。うちは大丈夫ですよね?」

「まあ最低でも三ヵ月前には通達が来るから、大丈夫だろ」

「いやそれ、全然大丈夫じゃないですよー」

他の二人の会話を聞くともなしに聞きながら、奏汰は先刻のできごとを思い出していた。

二ヵ月ぶりに突然自分の前に姿を見せた下田。

その理由はわからないが、今の話を聞くと、よくない感じしかしない。

(面倒なことにならないといいなあ)

どうも気が重くなってきたが、間もなく開店時間だ。他のふたりもおしゃべりをやめ、客を迎え入れる準備を急いでいる。

幸いなのかその日は接客や納品が立て込んだので、奏汰はすぐに下田のことを忘れ、いつも以上に忙しく働き回った。

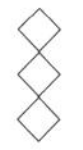

しかし忘れていられたのは就業時間の間だけで、五時にシフトを終えると、奏汰はすぐに下田のことを思い出す羽目になった。

何しろ店を出てすぐに、下田の姿が視界に入ってしまったのだ。

店の裏手側、スタッフ用の通用口を出たところに、下田が立っていた。

白々しいだろうが気づかないふりをして視線を外し、通り過ぎようとしたのだが、下田は大股で奏汰に近づいてくると行く先に立ち塞がった。

「お疲れさまです」

他にどう挨拶したものか思いつかず、一緒に働いていた頃と同じように声をかけると、下田が眉を吊り上げて奏汰の胸をドッと押してきた。多少よろめいたものの、身構えていたので、朝のように転ぶこともなく奏汰は持ちこたえた。

もしや朝からずっと、ここにいたのだろうか。それとも奏汰が仕事を終える時間を見計らってやってきたのだろうか。

どちらにせよ何だか気味が悪い。とにかくこの場はやり過ごして立ち去りたいのに、どう足を踏み出そうとしても下田に阻まれて前に進めない。

「すみません、帰るところなので」

「てめぇのせいだからな」

奏汰の断りなど聞こえていない様子で、下田が吐き捨てるように言った。

「恩知らずに俺のこと追い出しやがって。あのままこの店にいればそのうち店長コースだったのに……」

身に覚えがなさすぎる。奏汰は別に下田を追い出したりしていないし、それに恩を受けた覚えもない。

（って言ったら、キレそうだな、この人）

奏汰にそのつもりはないが、下田はそう思い込んでいるのだろう。店にいた頃、下田は奏汰をいびっているのが店長にばれて目をつけられ、やり辛そうだった。他のスタッフたちも下田のやり口には辟易していたから、誰も庇わなかった。

それで居辛く感じて、引き抜きをこれ幸いと店を辞めたのは下田の勝手だが、その勝手な下田の言い分で「てめぇのせい」になる流れは、わかる。わかりたくないがわかってしまう。そういうふうに他人に責任を押しつけて、それを真実だと思い込んで疑わない人が、世の中にはそこそこの数いるということは。

(父さんが死んだのは病気のせいだし、母さんと結婚したのは父さんの選択だけど、秋山の人たちから見たら全部母さんと、俺のせいだもんなあ)

理不尽だとは思うが、思ったところで状況は変わらない。受け入れたくもないので、謝る気も当然ながら持ち得なかったが。

(どうせ謝ったら、謝ったんだからこっちに落ち度があることになって、ますます言動がエスカレートする)

その辺りも身を以て知っている。ついでに、言い返せば「生意気だ」、無視すれば「馬鹿にしてる」と火に油を注ぐことも。

(どれを選んでも積むっていう……)

いっそもう一度突き飛ばしてくれれば、大袈裟に倒れ込んで警察に通報などもできるのだが。

さすがに、学校や会社帰りの人たちも多い時間帯、人目を気にする程度には下田も冷静らしい。

「店長は今日公休ですけど、明日は店に出ますよ」

こういう時こそ、責任ある立場の人に盾になってもらおう。奏汰は多少悪いなと思いつつも、かつては下田と一緒になって奏汰にお説教ばかり繰り返していた店長に丸投げしようと試みた。これも労働時間内のトラブルに入るだろう。偉い人はそのために平社員よりたくさん給料や手当てをもらっているのだ。

「あのデブのことはどうだっていいんだよ！」

働き口を失うから焦っているのだろう。だったらこのショップは無理でも、他店舗や系列ショップに伝手を求めれば道が拓けるのでは――と思って店長の名前を出したのだが、的外れだったようだ。

(俺個人に復讐かあ)

報復される覚えもないが、下田はとにかく自分を憎んでいるらしい。

どうしたものか、と奏汰は途方に暮れる。

「俺にどうしてほしいんですか」

こういう訊き方は相手を逆上させるだけだとわかっていても、他にどうしようもなくて奏汰は訊ねた。何を言っても相手がヒートアップするだけなら、いっそ解決の糸口を摑めそうなことを聞いてみるしかない。

「何だてめえ、開き直りやがって！」

下田の目にはそう見えるらしい。奏汰としては、困った挙げ句の質問で、開き直る要素など微塵もないのだが。

「ねえ、何か、もめてね？」

気づくと、そばを通りがかった女子高生の三人連れが、足を止め遠巻きに奏汰と下田を見ている。

「マジだこわ、やば」

女子高生は流れるように手にしていたスマートフォンを奏汰たちの方に向けている。このままでは動画を撮られてＳＮＳに流される、そう気づいたのか、下田が舌打ちした。

「覚えてろよ、てめえ、絶対許さないからな」

見事な捨て台詞を残して、下田が足早に去っていく。女子高生たちはつまらなさそうにスマートフォンを下ろした。奏汰は何でもかんでもすぐに記録してネットに流す昨今の風潮に初めて感謝した。

――しかし、あの様子からして下田は絶対またやってくるだろう。

（困ったな）

職場ではしばらく平穏な日が続いていたので、急に冷や水をかけられた心地だ。

家の近所で遭遇したことが、まずいなと思う。マンションを知られているのだろうか。それとも最寄り駅くらいか。交通費の申請があるし、スタッフ同士の雑談からどのあたりに住んでいるかは知ろうと思えばいくらでも知れる。現に奏汰も下田が住んでいる駅を何となく把握している。

先刻下田は逃げていったが、奏汰は一応警戒して、一度別方面の電車に乗ってからいつもの電車に戻り、駅に下りてからも周辺を気にして、下田に跡をつけられていないか警戒しながらマンションに帰った。

（どうしよう、一応、門原さんに相談……）

浮かない心地で家に戻った奏汰は、リビングから話し声が聞こえてくることに気づいた。門原が誰かと電話しているようだ。

「そこは咲妃さんが説得して――うん、でも、アリサちゃんは咲妃さんのことも信頼してるからさ」

アリサ、というのは、昨日別れた恋人に襲われたらしい門原の知り合いのことだ。奏汰は電話を邪魔しないよう、門原に帰宅の挨拶をする前に洗面所に向かった。

手を洗っていると、慌ただしく門原がリビングを出る気配がする。

「門原さん？」

「あ、奏汰、帰ってたのか。今連絡入れようとしてたんだけど」

門原は上着を着ている。どこかに出かけようとしているらしい。

「昨日の子が、またトラブったらしい。ちょっと様子見てくる」

「――わかりました、いってらっしゃい」

下田のことを話したかったが、アリサの方が事態が逼迫している。

自分の方は命の危険があるわけでなし、門原の時間がある時に相談すればいいだろう。

「なるべく早く戻るから」

門原は奏汰を置いて出かけることを、気にしてくれている。

それだけで充分だ。

「気をつけて。門原さんまでまた殴られたりしないでくださいね」

以前、門原は奏汰の元に訪れたチンピラに殴られ、鼻血を出していた。それを思い出して言うと、門原が苦笑して、奏汰の頬に片手で触れてくる。

「大丈夫、こう見えて頑丈だから」

そう言い置いて、門原がマンションを出て行った。

玄関先までそれを見送った奏汰は、ドアに鍵を掛けながら、かすかに溜息をついた。

「そうだよ、気に懸けてくれるだけで、充分なんだから」

門原が奏汰を一顧だにせず去っていくのなら、傷ついても仕方がないが。

きっと大袈裟に下田のことを訴えれば、門原は一度アリサのところへ行くのを中断して、奏汰を優先して話を聞いてくれただろう。

だがそんなことをして、もしその間にアリサがひどい目に遭うようなことがあれば、門原はきっと後悔する。そして奏汰も門原をそんな気分にさせたことを悔やみ、自分のせいでアリサを傷つけたと後ろめたい気分を味わうに決まっている。

だから何も言わずに門原を送り出したのは正解だ。時間が巻き戻っても同じことをする自信があるし、そうできた自分を褒（ほ）めてやりたいとすら思う。

なのに。

「心が狭い……」

呻（うめ）くように呟いて、奏汰はシャツの上から心臓と腹の辺りを両手で押さえた。胸が痛いし胃が嫌な感じに疼（うず）く。

（誰も悪くないのに。いや、アリサっていう人の元彼が悪いのか）

だったらその元凶を取り除（のぞ）くために門原が動くのは正しい。一刻も早く問題が解決すれば、門原は家に帰ってくるのだし。

「……常備菜（じょうびさい）でも作ろう……」

門原はいつ戻ってくるかもわからないし、奏汰は昨日もあれこれ作り置きのおかずを作ったばかりだというのに、今日もキッチンに向かうと、無心に食材を使い続けた。

門原は案外早く帰ってきたが、その後もひっきりなしに電話で誰かとやり取りしていた。

アリサはＤＶで苦しむ女性を支援する団体に保護されていたが、その職員と喧嘩をしてシェルターを飛び出し、勤務先のクラブに戻ったらしい。店は別れた恋人に一度押し入られているので、アリサだけではなくママや他の従業員も危険だからと、別の場所に移るようアリサを説得したり、彼女が移動する場所をみつけたり、安全を確保するために周辺を見回る人員を確保したり、相手の男の行方を捜したり、男の行動を制限してくれそうな人間を捜したりと、休む間もない雰囲気だった。

どうやら門原は自分自身が出て行かなくてもすむように手を尽くしているようだが、結局その手配のためにずいぶんな時間を取られている。

「……俺が男を捜してみつけてボコボコにして二度とアリサにつきまとわないって一筆書かせた方が早いか……？」

連絡が夜中に至る頃、門原が溜息交じりに不穏当な独り言を漏らしていた。

奏汰は先に寝るように言われて寝室にいたが、門原が気になって眠れるはずもなく、そっとリビングを覗いてその呟きを聞いてしまった。

「門原さん……本当、危ないこと、しないでくださいね」

「あれ、ごめん。起こしたか」

門原は奏汰の気配に気づかなかったのだろう、声をかけると大袈裟なくらい驚いたふうに振り返った。

「まだ休めないなら、コーヒー淹れますね」

「いいよいいよ、奏汰明日も早番だろ」

「いや、明日は代休です。こないだの公休日、他のスタッフに代わって出たから」

「あ、そうか。そう言ってたっけ」

休みが決まったのは急なことだから、門原が失念していても仕方がない。

「だから俺のことは気にしないでくださいね。話し声が聞こえてても平気だし……」

奏汰が言うそばから、門原のスマホが鳴った。

門原が申し訳なさそうな顔で奏汰に向けて片手を挙げて、電話に出る。

奏汰は通話の邪魔にならないようコーヒーを淹れてから、寝室に引っ込んだ。門原のそばにいたところで奏汰に手伝えることがあるわけでもない。それに門原は、奏汰ではない人を優先している状況を心苦しく思っているようだ。居座ってはプレッシャーを感じさせてしまうかもしれない。そんなふうに感じてほしくはなかった。

奏汰は門原に、他の女の人のところに行かないでほしいとねだったり、どうして俺がいるのに他の人ばっかり構ってるんだよなんて責めたりする気はないのだから。

(……ないよな?)

門原は自分を気に懸けてくれている。それで充分だと、奏汰は数時間前にも考えたことを頭で繰り返した。

仕方のないこと、むしろいいことなのだと確認する。門原のお人好しで親切なところが、彼と自分を引き合わせてくれた。門原がそんな性格でなければ出会えなかったし好きにならなかった。

だから――。

(……何かを思い出すな、この感じ)

眠たくもないのにベッドに潜り込みつつ、奏汰は既視感を覚えてその正体を探った。以前にもこういう気分を味わったような気がする。

いつだっけ、と考えて、しばらくしてから気づいた。

(子供の頃だ)

母親が仕事に出かける時。

夫を失い、自分が家計を支えるため、奏汰の母親はいくつものパートを掛け持ちしていた。奏汰が小学校から帰ってきたあとに仕事にでかけることもあった。

学校であったことを話したかったのに、慌ただしく出かけていく母親に寂しさを感じたが、自分を育てるために必死になって働く彼女にそんなことは言えなかった。

(うわぁ)

思い出して、奏汰は思わず頭から布団を被(かぶ)った。

（小学生並みか）

そんな子供の時代とメンタルが変わらないなんて、恥ずかしくなってくる。

一人の夜が寂しくて、布団を被っていた子供時代と、まったく一緒だ。

あの頃もちゃんとわきまえて、我儘を言わずに母親を見送ることができたのが、そこそこ救いか。忙しい彼女を少しでも支えようと家事を頑張り、料理を頑張った。料理の腕前は上がらなかったが。

（やれることも、小学生の時と変わらないんだなあ）

せめて自分のことでわずらわせないようにしよう。下田のことなんて、門原に話さなくてよかった。

そう自分に言い聞かせ、奏汰は無理にでも眠ろうと、ひとりきりのベッドで固く目を閉じた。

4

翌日は門原が仕事とアリサの件で朝早くから家を空け、奏汰の方は外出する気が起きずに一日掃除や洗濯などに励んで休日を終えてしまった。

家から出なかったおかげで忘れかけていたが、さらに翌日、遅番のために昼前に家を出て駅の辺りで強い視線を感じて振り返った時、数メートル離れた場所からじっと自分を睨んでいる下田の姿をみつけて、奏汰はげんなりした。

やはりマンションの場所までは割れていないが、最寄り駅は把握されているようだ。

出勤前なのでどこかに立ち寄って下田を撒くこともできず、そもそも店の場所は嫌と言うほど相手も把握しているからそんなことをしても無駄だ。

下田は先日のように突き飛ばしたりはできない距離で、付かず離れず奏汰についてくる。

電車を乗り換えてもついてきて、店の最寄り駅に下りたところで思い切って振り返ったら、下田の姿は消えていた。

営業を妨害されたらどうしよう、でもいっそそうなったら下田のことは店長に丸投げできるのに――と思っていた奏汰は拍子抜けする。

店に着いてからも、下田の姿が奏汰の視界に入ることはなかった。スタッフの誰も彼の名を口にしないので、奏汰の前以外に現れることは、今のところないのかもしれない。

（何がしたいんだ、あの人？）

今日その姿を見た時は、突き飛ばす以上の暴力を振るわれるのではと身構えてしまったが。

（でも――下田さんってそこまで度胸はなさそうだよなあ）

失業確定で自暴自棄にはなっているかもしれないが、大それた罪になるようなことまでやるつもりはなさそうだ。

（でもまあ一応、駅の階段とかは注意しとこう）

突き落とされて大怪我なんて冗談ではない。

他のスタッフに相談することも考えたが、したところで解決もしない気がしてやめた。特に店長が知れば、下手したら下田を捕まえてお説教をしそうな気がする。君のためによくない、もっとまっとうに生きるべきだ――とかいつもの調子で言われたら、下田はますます臍を曲げ、その鉾先がこちらへ向くに決まっている。

警察は警察で、下田をみかけたら厳重注意とか、取れる対処はその程度だろう。突き飛ばされた時に怪我をしたわけでなし、していたとしても、下田にやられた証拠もない。

下田が鞍替えした店はまだ来月まで存在しているというし、新たに就職活動だって必要になるから、そう毎日来ることもないだろうと思っていたが、しかし下田はさらに夜にも奏汰の前に姿を見せた。遅番で閉店作業をしたあとの九時過ぎ。店を出た時は他のスタッフと一緒で、駅までの道のりでは何もなかったが、電車に乗った時にどこからともなく下田が現れ、またつかず離れずの距離で奏汰に貼り付いた。

スマホを確認すると、門原からは家に戻るというメッセージが来ていなかったので、まだ外出しているようだ。

奏汰の方からは、「仕事終わりました」とだけメッセージを打ってみる。しばらく間があってから、「お疲れさま、帰りが遅くなりそうだから先に夕飯食べててね」と返事があった。

（仕事かな、アリサさん絡みかな……）

聞きたいのをぐっと堪える。何だか嫌味に取られてしまいそうで躊躇した。

電車を乗り換え、マンション最寄りの駅で下りても下田はついてくる。まっすぐ家に戻って場所を知られるのは嫌なので、反対側の繁華街に向かうことにした。駅前通りの商店などはすでにシャッターを下ろしているが、一歩道を逸れれば夜の歓楽街だ。

「おっ、奏汰じゃん、今日は一人？」

夜だというのにネオンで明るい通りに足を踏み入れると、顔見知りのホストに声をかけられた。門原税理士事務所の顧客の一人だ。

「門原さん、仕事みたいだから」

「てかアリサのことで大変みたいじゃん？　俺こないだ、相手の男が咲妃さんのとこ押しかけるの見ちゃってさー、あいつやばいって、もう完璧やってるね」

若いホストが自分の腕に注射器を刺す仕種をするので、奏汰は乾いた笑いを漏らした。

少し彼と立ち話をしているうちに、下田の気配が消えた。奏汰はホストに挨拶(あいさつ)して別れ、さらに念のためにと、深夜営業のカフェに立ち寄った。

「いらっしゃいませ。今日は一人？」

ここも門原の知り合いがやっている店だ。というか、この近辺で門原を知らない者はいないし、門原と奏汰の関係を知らない人もいないのかもしれない。

さすがに店の営業中にそのあたりをからかわれることもないので、奏汰は少し落ち着いた気分で食事を取る。通りに面してテラス席のあるカフェで、店からそっと見遣(みや)ったところ、やはり下田の姿はない。遅い時間だし家に帰ったのだろうか。

なるべくゆっくり食事をすませ、そのあともひととおり街をぶらついて、適当に顔見知りと会話を交わしてから、奏汰はようやくマンションに戻った。途中途中でコンビニエンスストアにも立ち寄ったり、自動販売機で飲み物を買ったりしてみたが、誰かにつけられている様子はなかった。

まだ帰宅していないと思っていた門原は、リビングで仰向(あおむ)けにひっくり返っていた。寝入っているようなので起こさないように、寝室から持ってきた毛布をそっとかけたが、どうやら目を覚ましてしまったようだった。

「あれ……奏汰、帰ってたか」

「うん、つい今。大丈夫ですか、そんな恰好で寝てたら、腰痛くありませんか？」

「うう、痛てて……」

起き上がろうとした門原が、案の定顔を顰めて腰を押さえている。奏汰が手を貸してやろうとすると、腕を引っ張られ、身を起こした門原の隣に座らされる。

「おかえり、遅かったな」

「ごめん、門原さんも遅いと思って、食べてきちゃった」

「いや、いいよ。スマホのバッテリー切れちゃって、家に帰ってから充電挿した途端に寝ちゃったみたいで」

「……」

今日もあちこちに連絡をし続けていたということだろうか。

奏汰は何となく門原の方に寄り掛かった。

「ん？」

どうした、というように奏汰の顔を覗き込んだ門原を見返してから、目を閉じる。門原がすぐにキスしてきた。

何となくそうしたくて軽いキスを誘っただけのつもりだったが、門原と触れ合うのが心地好くて、つい自分から相手の舌を舌で探ってしまう。

門原もそれに応えてくれた。奏汰の髪の間に指を差し込み、ゆっくり撫でながら、舌を絡め返してくる。

帰ってきて早々、自分も、多分門原も、シャワーも浴びてないのに——と考えたのはほんの一瞬で、奏汰はキスを続けながら門原のシャツのボタンに手をかけた。門原も、奏汰のパンツからシャツの裾を引っ張りだそうとしている。

(そういえばここ数日、してなかった)

門原に触れられてそう思い出す。

それから、「こんな触り方をしてくるんだから、門原が外で誰かとしてたってことはないな」とちらりと考えてしまってから、奏汰ははっとなった。

(何考えてんだ、門原さんがそんなことするわけないだろ)

門原は奏汰が一番だと言ってくれる。それにそもそも、街の女の子とそういう関係になることはないと決めている。

——そう知っているはずなのに、疑ってしまった自分を恥じた。

「奏汰?」

動きを止めてしまった奏汰を、門原が間近で覗き込む。

自分のみっともない疑りに気づかれたくなくて、奏汰は門原の頭に腕を回して、より熱心な動きで相手の唇や舌を貪った。

「……今日、いっぱいしたい……」

もう一方の本心は、隠す必要もなく口から漏れる。門原が小さく笑うのを見て胸がぎゅっとなった。奏汰は可愛いなとか、やらしいなとか、そういうことを思ってくれている顔だ。

「おじさんもちょっと、頑張っちゃおうかな」

おじさんらしい口調で言うのがおかしくて、奏汰も笑った。以前は門原が自身を「おじさん」と呼ぶたび、「だから若い奏汰とは付き合えないよ」と一線を引かれているようで切なかったが、今のは照れ隠しだとわかるから、ただただきゅんとする。

「じゃあベッド、行きませんか」

門原のシャツの腕を掴んで誘うと、目許へのキスで応えられた。

門原と触れ合いながら立ち上がり、寝室に向かう間、「門原さんのスマホはリビングにあるから、寝室にいる時に鳴っても気づかないかも」などと頭の隅で考えてしまう自分が、奏汰には何だかみっともない気がした。

自分に失望したり後ろめたく思っていたのはほんのわずかの間で、門原とベッドに入ってからはすぐに全部忘れた。門原から与えられる快楽と門原に対する愛しさで頭も体も一杯のまま長い時間を過ごし、朝になって目を覚ましたあとも、満たされた気分でいられた。

先に目を覚ましたのは奏汰で、まだよく眠っている門原の寝顔に我慢できずキスしたら相手も目を覚まし、そこからまた、奏汰の出勤時間までいちゃいちゃして過ごした。

「うーん、こんな子兎（こうさぎ）を外界（がいかい）に放（はな）っていいものか……」

出勤の支度をすませた奏汰を玄関まで見送りにきてくれた門原が、極めてまじめな顔で呟いている。門原はときどきこんなことを言うが、奏汰自身は自分が相手にどう見えているのか理解不能だ。頼りなく見えるというだけでなく、煽情的（せんじょうてき）だと言われているようなのだが。

（でも門原さんにそう思ってもらえるなら、嬉しいな）

色気もない子供だと思われるより、はるかに嬉しいに決まっている。

「おっかないお姉さんたちに襲われそうになったら、全力で走って逃げろよ」

「肝（きも）に銘（めい）じます」

いってきますの挨拶でキスをして、奏汰はマンションをあとにした。

ゆうべはじっくりベッドで門原と睦（むつ）み合って、体は疲れていたが、気分は軽い。いや、まだとろとろした甘い感触が胸の中を満たしているので、軽快という感じではなかったが、とにかく幸せな心地だ。

（俺は本当に、門原さんとするのが好きだよな）

最初から門原に触られるのは気持ちよくて、回を重ねるごとにもっとよくなる感じがする。

勘所（かんどころ）がわかってきたというか、どこに触ってもらったらより感じて、どう動けば門原により喜んでもらえるのかのコツが摑めてきたような。

(今度は俺からも触ってみたい……けど、門原さんは逃げるんだよなあ)

実は密かに、門原のものを口で愛撫してみたいという野心を抱いているのだが、未だに果たされたことがない。しようとしても、うまいこと避けられてしまうのだ。

(口でされるの、あんまり好きじゃないのかな？　男の人はみんな好きなのかと思ってた)

自分も『男の人』だが、門原以外に経験がないので、奏汰にはよくわからない。

(直接したいって言ったらさせてくれるのか、口八丁で丸め込まれて逃げられるか……？　やってみないとわからないか)

次の機会にはまたぜひチャレンジしてみよう。今晩などどうだろうか。

――と、ほわほわした気分で考えながら駅に着き、電車に乗り込んだ奏汰は、それなりに混み合った車内に下田の姿をみつけて愕然とした。

(す、すごい、俺、まるっきり下田さんのこと忘れてた)

吊革に摑まった状態で、ガラス越しに下田がすごい顔で自分を睨んでいることに気づいたのは、電車に乗って二駅ばかり過ぎた頃だ。いつから下田がいたのかもわからない。最寄り駅で待ち構えていたのか？　さすがにマンションを出てすぐ近くにいたとは考えたくない。

(そうだったそうだった、この人の問題があったんだった)

門原との時間にすっかり満足して、その他のことなど頭や胸の片隅にも入る余地がなかったのだ。

浮かれていた分、自分の迂闊さに奏汰は落ち込んだ。

（というか、毎日来るつもりなのか……？）

結局下田は、また店の最寄り駅までついてきた。

店に入る時には姿が見えなくなっているし、営業時間中に現れることもないのだが、「もしかしたら店頭に顔を見せるかも」とか、「帰り道にまた待ちぶせされるかも」と考えるだけで、それなりに疲弊する。

もういっそ、避けずに自分から下田に声をかけて、何がしたいのか問い詰めるべきか。

（でも藪蛇かもしれないしなあ）

女子高生に動画を撮られそうになったら逃げ出したほどだ。下田は何かしらの覚悟があって、捨て身で奏汰に危害を加えたいとまでは考えていないのだろう。そこに奏汰からやいやい言ったら、逆上して、する予定もなかった凶行に及ぶかもしれない。

どう対処していいのか答えが出ないまま、勤務時間を終えた。今日も他のスタッフと一緒に店を出て駅で別れ、最寄り駅に着いてからはまっすぐマンションには向かわず、また歓楽街に立ち寄った。

今日は最初に、ちょうど客を見送りに店を出てきた未央と行き合う。

「あっ、カナち！　どうしたの、指名してくれるの？」

「いやいや」

奏汰をみつけると未央は嬉々として駆け寄ってきた。満面の笑みで問われ、奏汰は苦笑しながら首を振る。

「ちょっとお茶飲みに寄っただけ」

「なーんだ、よっしーは一緒じゃないの？」

この街に来て門原のことを聞かれない日はないが、それはそれで恋人扱いしてもらえているようで、奏汰に悪い気はしない。

「家にいます」

門原とは夕食は家で一緒にと申し合わせてあるが、下田が気に掛かるので、少しだけ時間を潰してから帰るつもりだった。残業で遅くなると連絡はしてある。

「ていうか、また友達と一緒なんだね。お茶とか言わないで、たまには軽く飲んでこーよ」

未央に腕を引っ張られながら、奏汰は背後を振り返った。下田が未央とは別の店の客引きに捕まりながら、奏汰の方を睨んでいる。

「まさか友達と他店さん行くつもりー？」

「いや、というか……」

また、という未央の言葉が気になった。それを訊ねるべきか、それとも下田に思い切って詰め寄るべきか迷っている間に、下田は客引きの腕を振り払い、逃げるように駅の方に去っていってしまった。

「あれ、行っちゃった?」

「未央さん、さっきの人、見たことあるんですか?」

「あるよ、ここんとこ、カナちと一緒にいるじゃん?」

聞けば、何日か前にスーパーでも下田の姿をみかけたらしい。ツレがいるのかと聞かれた時がそうだったのだ。

(ということは、思ったより前から、つきまとわれてた……?)

気づかなかった自分の間抜けさにも、下田の粘着質(ねんちゃくしつ)ぶりにも、身震いする。

「カナち? 大丈夫、何か顔色悪いよ?」

未央に心配されてしまった。

「……あれ、もしかしてさっきの子、カナちのお連れさんじゃなかった?」

奏汰の反応で何か察するところがあったのだろう、未央が少し声を潜(ひそ)めて問いかけてくる。

奏汰は小さく頷いた。

「職場の元先輩……もう店辞めたのに、最近、やけに近くで姿見て」

「やば! ストーカーじゃん。よっしーは知ってるの?」

奏汰が首を振ると、「何で!」と未央が憤(いきどお)ったように声を上げる。

「今、アリサさんって人のことで大変そうだから」

「はー!? ちょっと聞き捨てならないんですけど!?」

「未央、何店先で騒いでるの？ あら、奏汰君」

「ねーちょっと聞いてよ乃亜(のあ)！」

未央が奏汰の話を乃亜にもそのまま伝える。乃亜の目つきが鋭(するど)くなった。

「ちょっと、詳しく聞かせてちょうだい」

あれよあれよという間に店に引き摺(ず)り込まれ、気づけば奏汰は生まれて初めてキャバクラのソファに座っていた。「初回ワンセットで指名料もうちらのドリンク代もいらないから大丈夫！」と何が大丈夫なのか奏汰にはいまいちよくわからないことを言われ、未央と乃亜に左右を固められる。

そして下田について、一緒に店で働いていた頃にされた仕打ちから、最近つけ回されている話まで、詳しく聞き出されてしまった。

（す、すごい）

門原にもここまで詳細には説明していなかった……という細々した嫌がらせまで喋(しゃべ)らされた。愚痴(ぐち)のようになるのが嫌でなるべく話さないつもりでいたのに、さすがプロはすごい。

「あー、でもまあ、そういう手合いだったら簡単だよね」

話を聞き終えて、未央が乃亜に目配せしながら言った。

「簡単？」

問い返した奏汰に、乃亜が頷く。

「任せておいて。三日後には、その下田って野郎は奏汰君の前に姿を見せなくなるから」

「あの、別に俺は下田さんに恨みなんかはないので、できれば穏便に収めたいんです」

乃亜の口調があまり穏やかではないので、奏汰は慌てた。

「できれば俺の知らないところでそこそこ幸せに生きてくれればいいので」

これまでの人生でもっとも迷惑を掛けられたのは従兄の恵次だが、あれだって多少それなりに痛い目を見るべきだと思ったものの、ひどい不幸になるところまでは望んでいない。

「だいじょうぶ、ちゃんと幸せになるから」

乃亜も未央もそう請け合うと、この話はおしまいだとばかりに奏汰に酒を勧めてくる。

断り切れずに水割りをちびちびやっているうち、規定時間らしき一時間はあっという間に過ぎた。会計の時は持ち合わせが足りるかひやひやしたが、三千円ですんだので奏汰は安堵する。こういう店ならもっとすごい金額になると思っていたのだが、そこは未央と乃亜が何とかしてくれたらしい。ありがたい。

未央たちは奏汰を見送りに店の外まで一緒に来て、周囲をたしかめてくれた。下田の姿はない。奏汰は二人に礼を言って店を離れた。

(大丈夫って言ってたけど、本当に大丈夫か……？)

門原の話では、未央たちが働いている店は窪田の持ちもので、間違ってもヤクザがバックについていたりはしないらしい。というか、奏汰がヤクザだと思っていた恵次を追い込んでいた人たちも、柄は悪いが一応法に則った会社経営者とそこに勤める従業員だという。

（所属が暴力団ではないだけで、やることはあんまり変わらないのでは？）

そういった方面の社会の事情に疎い奏汰は不安だったが、未央たちが非道な行為に手を染めるとも思えないので、彼女たちに任せることにした。二人の性格や環境がどうこうというより、二人とも門原に好意を持っているので、門原が嫌がったり悲しんだりすることはやらないだろうという信頼だ。

またあとで連絡すると約束してくれたので、それを待つことにしつつ、奏汰はマンションへと帰宅する。

「ただいま……」

「おかえり──あれ、飲んできたのか？」

そんなに飲んだつもりはなかったのだが、出迎えにきてくれた門原は、奏汰の様子を見てすぐに気づいたようだ。

「うん、ちょっとだけ……」

未央たちの店で飲んだとは言い辛い。そういえば今朝、「お姉さんたちに襲われそうになったら逃げろよ」と言われたばかりだった。

（キャバクラに行ったとか言い辛いし、何で行ったかって話になったら下田さんのことも門原さんに話さないとならないし……)

それでも隠しごとなんてよくないだろうかと、奏汰は門原を見上げた。

「門原さん、アリサさんって、どうなったんですか?」

「あー……今んとこ男が雲隠れして足取り摑めず、そうこうしてるうちにアリサちゃんの具合が悪くなって病院に担ぎ込まれたら、どうやら婦人病みたいで、手術するのしないのってところで田舎の両親にバレちゃって、その両親が上京してDV親父がガチ切れして修羅場中というあたり」

「ひえ……」

たしかに絵に描いたような修羅場だ。

「とりあえず地方の知り合い当たってそっちの店で働ける手筈を整えてたんだけど、手術するならそれも中断だし、今すぐ田舎に連れ帰って土蔵に閉じ込めて性根を叩き直してやるっていう親父さんを病院に入れないようにするのが精一杯な感じだな」

「お、お疲れさまです」

駄目だ、とても、下田の話などできない。

(未央さんと乃亜さんに任せよう)

ずっと黙っているつもりはないが、門原の方が落ち着くか、下田の方が落ち着くかしてから報告した方がいい気がする。

「奏汰、食事もすませたのか？　一応用意しておいたけど」

「あ、食べてません、食べます。一緒に」

とにかく今は門原が家にいるし、その時間を厄介（やっかい）ごとで埋めることもない。奏汰は門原と一緒にリビングに向かった。

未央から連絡があったのは、初めて彼女たちの店に入ってから一週間ほど経（た）った頃だった。

その間、下田が奏汰の前に姿を見せたことは一度もなく、一体彼女たちがどんな手を使って事態を収めたのか気になっていたので、「仕事帰りに店に寄ってね」とハートマーク付きでメッセージをもらった日、言われたとおり奏汰は再びキャバクラに足を踏み入れた。

「えっと、未央さんいますか」

店に入ったところでボーイに「いらっしゃいませ」と声をかけられ、奏汰はとりあえずそう聞いてみた。少し待ったあとフロアに通される。

広い店内をぐるりと囲むように連（つら）なって並んだソファの一角に案内された奏汰は、そこに未央と乃亜ばかりでなく、下田の姿まであることにぎょっとする。

しかも下田は見るからに泥酔（でいすい）していて、半（なか）ばテーブルに突っ伏し、乃亜に優しく手を撫でられている。

「み、未央さん、これは」

「下田さぁん、奏汰君来ましたよぉ」

乃亜が甘い声で耳許に囁くと、下田ががばっと顔を起こした。

「秋山……秋山、ごめんなああぁ」

「はい⁉」

突然大声で謝られ、奏汰は度肝を抜かれた。

下田は真っ赤な顔で号泣している。

「俺、俺、ずっとおまえに嫉妬してたんだよ……おまえそんな見た目で、まじめで、客に好かれて……おまえみたいのは絶対俺みたいな雰囲気イケメン馬鹿にして見下してるって勝手に決めつけて……」

「下田さんは、雰囲気イケメンじゃないですよ、立派なイケメンですよ。乃亜、すっごい、好みですよお」

「乃亜ちゃん……!」

下田は乃亜の手を握り返し、潤んだ、陶酔したような目になっている。

「やっぱ乃亜、あの手のお客さん得意なんだよねえ」

ぽかんとしていた奏汰は、未央に手招かれ、下田たちの隣の席に収まった。

「こないだカナち帰ったあと、下田さんまだ店の周りウロウロしてたんだよね。で、何食わぬ顔で店に誘ったの。多分あたしより、清楚ビッチに引っかかりそうだったから、主に乃亜に任せてさ。ほんと黒髪ボブ強いわあ、乃亜は乃亜で駄目な子が好きだし」

「はあ……」

「下田さんも初回割引でうんと安くしてあげてさ。で、次の日から毎日ここ通って、毎日乃亜指名してる」

声を潜めて話す未央に、奏汰はただ頷くしかない。

「仕事の愚痴聞いてあげてるうちに、名前は出さなかったけどカナちのことも話したから、乃亜が叱ってあげたの。下田さんやればできる子だから、元同僚なんかに構ってないで、頑張って次の仕事探して、いっぱい乃亜のとこ通ってね、なんて言って」

「はー……」

それで下田があの有様らしい。

「承認欲求拗らせ系？　でも叱って褒めたら伸びる子だと思うから、もうだいじょうぶだと思うな。乃亜に嫌われたくなくて、もうカナちにはちょっかいかけないと思うよ」

とにかく、感服だ。奏汰は深々と未央、それに向こうで下田に微笑みかけている乃亜に向けて頭を下げた。

「なんか、すみません。手間かけて」

「だいじょうぶだいじょうぶ、下田さんヘルプで入ったあたしにもちゃんとドリンクいっぱい飲ませてくれる優良客だから」

そう言いながら、未央がこっそり親指と人差し指で輪っかを作り、「その分の料金はいただいております」と仕種で示した。奏汰はますます頭の下がる思いだ。

（プロはすごい）

そしてこの女性たちに頼られる門原も、思っている以上にすごいのではということにまで、考えが及んでしまった。

（だから……今日も、帰りが遅いんだなあ）

一週間前に聞いたアリサの件は、ますます拗れているらしい。アリサの両親が咲妃と門原をまるで売春宿の遣り手婆と女衒のごとくの扱いで、訴えるの訴えないのの話にまで発展しているようだ。

『訴えられたところでこっちに後ろ暗いことはないからいいんだけどね、警察沙汰になって困ることもないし、評判が悪くなって離れるような顧客もいないし』

昨日話を聞いた時は、さすがに門原も疲れた顔になっていた。

『アリサの手術も終わったし、どうにかあの両親の目をかいくぐって別の土地に逃がしてやらないとなあ』

今はその段取りが大詰めのようだ。

（こっちはどうやら丸く収まったみたいだけど……脳天気にそんな話、門原さんにできないよな）

つい溜息を漏らした奏汰は、視線を感じて、知らずに足許に落としていた目を上げた。思いのほか間近で未央が顔を覗き込んでいたので、ぎょっとする。

「どしたの、カナち。めっちゃ色っぽい溜息ついて。やっぱり恋バナ？　恋バナしちゃう？」

なぜか未央は期待に満ちあふれた表情になっている。

「よっしーと何かあった？　また洗いざらい話してごらん、何でも聞いてあげるよ」

最初は恋人との内輪話など他人に話すものでもない気がして、どうにかはぐらかそうとしていたが、奏汰はまたしてもいつの間にか思っていたことを未央に吐き出させられる羽目になった。

「今日も門原さん、アリサさんのとこに行ってて……」

話しづらくて、奏汰は未央に勧められるまま酒の入ったグラスを手に取る。

ぐいっとアルコールを呷（あお）ると、少し舌がなめらかになった。

「門原さんが優しいのは知ってるし。そうじゃなければ好きにならなかったしそもそも出会えなかったし。だから門原さんが人助けをするのを止める気ないし、止めたくないし、止めたら駄目だし……」

最近、ずっと心の中でぐるぐると回していた言葉が、あとからあとからあとから漏れてくる。

「門原さんが俺を一番大事にしてくれてるのは信じてるっていうか知ってる、俺は門原さんの恋人で門原さんと暮らしてて、他の誰より門原さんの近くにいるんだから、門原さんが他の人に何してても気にするものじゃないんだ、そうわかってるのに、何か……門原さんが電話してるの見るたび、夜中にマンション飛び出すのを見るたび、俺自身がそうしてって言ってるくせに、どうしてももやもやするっていうか……そういう自分がみっともなくて情けなくて……」

胸の内だけで収めていた気持ちを言葉にしてしまうと、奏汰はますます情けなくなってきた。

その気持ちを打ち消したくて酒を飲むが、悲しい気分が拡がるばかりだ。

「子供じゃないんだから。母さんが仕事のために俺を置いて出かけるのが寂しくて泣いてた頃と変わらないとか、みっともなさすぎるから」

「馬鹿……」

「え？」

唸るような声が聞こえて、奏汰は知らずまた伏せていた顔を上げた。

「馬鹿っ、おまえ……馬鹿野郎ォ！」

未央と反対隣には乃亜がいたはずなのに、なぜか今、奏汰の隣には下田がいた。

下田は相変わらず真っ赤な顔、涙目で、奏汰のことを指さし睨みつけている。

「そんなの、こんなとこで俺みたいな酔っぱらいに聞かせるんじゃなくて、彼女に直接言うもんだろ！」

どうやら下田は奏汰の話に聞き耳を立てていて、しかも相手は女性だと勘違いしている。

「そうだよカナち、よっしーにちゃんと言わないとダメ」

未央もまじめな顔で奏汰に詰め寄った。

「でもそんなこと言われても、門原さんが困るだけじゃないですか」

「でも言うんだよ、馬鹿！」

「下田さんの言うとおりよ、奏汰君。困らせていいの、というか、困らせないといけないわ。黙り込んで溜め込んで奏汰君が寂しい思いをしてるの、門原さんが知ったらどう思う？」

「だ、だから、そんなみっともないことは黙っておいた方が、門原さんのためにも俺のためにもいいし」

「みっともないところ晒(さら)さなくて、本当の愛って言えるのか⁉」

下田がこの場の誰より激昂(げっこう)している。

「俺だって、おまえに対するみっともない気持ちをさらけ出した！　それを、乃亜ちゃんに受け止めてもらって……俺は……」

そして泣き崩れた。奏汰はどうしたらいいのかわからず、また酒を飲む。

「物わかりのいいフリしたって何にもならないよ、カナち」

「そうよ、寂しい時に寂しいって言わないと伝わらないわ、奏汰君。門原さんは賢いし勘がいいから気づいてはいるだろうけど、どれくらい寂しいかっていうのはわかってないかもしれない。思い知らせてやった方がいいの、そうしないと、絶対距離ができちゃうわよ」

「……」

母親を気遣って、母親も奏汰を気遣って、母子二人で暮らしてきたが、今はどうだろう。母は新しい夫と巡り会って幸せな家庭を作り、奏汰はその家庭の中に入っていない。入らないことを選んだのは奏汰で、今まで苦労した母親がこの先楽に暮らしていけるなら嬉しいと思うのは本心だが――。

(あ、別に俺じゃなくてよかったんだって、思った)

一瞬でもそう考えてしまったことが、奏汰にはある。

家を出る時母親に泣かれたが、奏汰はどこかさっぱりした気分でいたら、「奏汰は淡泊なところがあるわよね」と苦笑いされてしまったことを思い出す。

泣いた方が辛いだろと笑って応(こた)えたけれど、肩の荷が下りたような気分になったのは誤魔化(ごまか)しようがない。

(門原さんとも、そんなふうに距離ができるのか……?)

乃亜の言うとおりなら、そんなのは想像だけで怖すぎる。

「そりゃ、自分を一番にしてくれなきゃ死んでやるとかリスカしたり、はらいせに他の子と寝たりするのは、ヤバイけどさ。寂しいって言うくらい可愛いもんだよ、ていうかカナちがそういうの隠してたら、絶対よっしーも寂しいって」

「……そうか……」

門原が寂しがる、というところに、頭がいかなかった。

門原は自分よりもずっと大人だから、そんな気持ちになるかもしれないと、考えようとしたこともなかったが——でも。

(寂しがる、かも)

改めて想像してみた時、門原は寂しそうに笑っていた。でも寂しいとは口にせずにいる。そもそも寂しい思いをさせたのは自分なんだから言えないよ、という顔で。

(それで奥さんと別れたんじゃないのか)

門原が生涯添い遂げようと決めた相手と別れることになって、悲しくなかったわけがない。

そんな思いを二度も味わわせるなんて、絶対にできない。

奏汰は手にしていた酒のグラスをテーブルに置くと、立ち上がった。

「俺、門原さんのところに帰ります」

「チェックお願いしまーす！」

奏汰の動きを先読みしていたかのように、未央が立ち上がると同時に声を上げた。そしてボーイが持ってきた伝票を見た奏汰は口から心臓が飛び出そうな衝撃を味わう。

「み……未央さん、これ……」

「十時から一時間ワンセットのチャージ料金とドリンク代にTAX足して、あとはあたしの指名料ね。あ、それにギリで延長料金も入ってるわ」

にこやかに、未央が言う。

奏汰は青くなって財布の中身を確認した。前回は意外と手頃な価格だったが、初回料金と言われていたので今日はそれにもうちょっとは上乗せされるだろうと思っていたとはいえ、ちょっとどころではなかった。財布の中身がぎりぎり足りず、どうあっても割引してもらえる雰囲気ではない。するつもりがあれば、最初からこんな明細を持ってくるはずがない。

「カードは手数料十パーで使えるからね」

奏汰はクレジットカードを持たない主義だった。必要にかられて一枚だけ作りはしたが、家の手提げ金庫に大事にしまってある。

「え、ええと、ATMで下ろして……」

時間外手数料は痛いが、正規のサービス料金であれば払わない方が非常識だ。幸い銀行口座には今日の飲み代くらいちゃんと残っている。

「ダメ、そう言って、ばっくれる気でしょ」

コンビニエンスストアで下ろせばすぐだ。だから外に出ようとしたが、未央に腕を摑まれ阻まれた。

「そんなことしないですよ。信用できないなら、これ、社員証でも置いていくから」

疑われるのは心外とはいえ、持ち合わせがない自分にやはり非があるだろう。身分を証明するものを預ければいいと思ったのに、未央はまったく首を縦に振らない。それどころかボーイや乃亜まで一緒になって、奏汰の行く手を塞いでいる。

「誰かに持ってこさせなさいよね」

「誰かって……」

酷薄に笑う未央に奏汰は弱り切る。

「決まってるでしょ、よっしーだよ。連絡し辛いなら、あたしがしてあげるから」

「ちょっ、ちょっと待っ」

奏汰の制止も意に介さず、未央はさっさとスマホを取り出した。門原に電話をかけている。

「あ、よっしー？　未央だけど、今ね、カナちが飲み逃げしようとしてるとこ捕まえたんだよね。それで――」

未央が大して説明しないうちに、どうやら電話は切れたらしい。

「何で門原さんにそんな……」

「うっそ、早」

さすがに責める気持ちで未央に詰め寄りかけた時、未央が大きく目を見開いて声を上げた。

奏汰がつられて未央の見ている方、店の出入口を振り返ると、そこに門原がいたので自分も思わず一杯に目を瞠る。

「あれっ、門原さん、何で」

2F
質
盛

「伝票」

仏頂面の門原が、珍しく愛想の欠片もない声でボーイに言って片手を出す。伝票の金額を確認すると、門原が財布から万札を二枚ほど取り出し、伝票ごと叩きつけるようにボーイに返した。

「チップだ、取っとけ」

「やったーよっしー大好き」

はしゃぐ未央に、門原が大きく舌打ちしてから、奏汰の手首を摑んだ。

「帰るぞ」

「ええと、はい」

門原に飲み代を肩代わりしてもらうわけにはいかないとか、ちゃんと返しますからとか、言いたいことを飲み込んで奏汰は門原について店を出た。何だかそうした方がいい気がした。

「門原さん、どうしてこんな早く来られたんですか」

門原は奏汰の手を引いたまま、マンションのある方に向けて歩いている。

「それはねえ、俺が帰りが遅い奏汰君を心配して、迎えに来たからです」

「でも俺、今日は少し遅くなるってメッセージ入れといたのに」

「また未央んとこに飲みに行くためとは、聞いてないなあ」

門原はずんずん進んで、ネオンのきらびやかな歓楽街を通り抜けた。あとは少し進めば静かな住宅街に入るので、夜も遅いことだし、奏汰はそれ以上門原に声をかけるのを我慢して、とにかくマンションまで帰り着いた。

エントランスに入ってからもエレベーターに乗っている間も門原は黙り込み、奏汰もどうも気まずくて、口を噤む。

部屋に入り、リビングに辿り着いてから、ようやく門原が口を開いた。

「一週間前にも、奏汰が未央と乃亜と遊んでたって、ご丁寧に俺の耳に入れてくる人がいてだな」

「ああ……」

別に隠れてあの店に行ったわけでもないので、門原の知り合いに見られていたのだろう。そもそも知り合いだらけなのだから、奏汰が言わなくても、門原に知られないわけがない。

「でも未央たちなら、少なくとも仕事で飲む限り危ないことはしないだろうし、あの店は料金も良心的だから、奏汰が飲みたいならまあいいかと何も言わずにいた」

「え、何か言ってくれればいいのに」

門原は奏汰に何かを言い返そうとして、それを飲み込む感じで一度口を噤んだ。

それから、大きく、体ごとの勢いで溜息をつき。

「それよりこれ、どういうことだ」

門原は奏汰の腕を摑んだまま、反対の手で、ポケットからスマートフォンを取りだした。画面にはメッセージアプリが表示されている。未央とのやり取りだ。

『カナちがストーカー野郎と飲んでるけど、いいの？』

時間は今日の、今から十五分ほど前。

どうやら未央は電話をかける以前に、こっそり門原にメッセージを送っていたらしい。

「誰のストーカーとも書いてないし、最初はアリサの男のことかと思ったけど、そっちはさっき捕まったし」

「ああ、捕まったんだ。よかったですね」

その男を捜すことに苦労していたようだから、奏汰がほっとして言うと、門原が腕を掴んでいた手で、今度は奏汰の頬を摘んできた。

「い、痛い」

「よかったよ。入れ違いで、アリサも予定通り別の土地に移動した。両親にもどうにか自立を納得してもらった、いろんな脅し込みだけど」

詳細はわからないが、とにかくアリサの件についても、落着したらしい。

「それで、ストーカーっていうのは奏汰のストーカーっていうことだと思うんだけど、どういうことかな？」

奏汰はどうにか頬から門原の手を離させて、下田の件について、打ち明けた。

ちゃんと未央と乃亜のおかげで片がついたことも説明したのに、門原は奏汰の話の途中でソファに座り込み、最後には、頭を抱えるような仕種で俯いてしまった。

「だから、もう、下田さんが俺の周りに現れるっていうことは、多分ないと思うんだけど……」

「……奏汰君や」

また溜息を吐いて、頭を抱えた恰好のまま、門原が言う。

「はい」

奏汰は続く言葉を待っていたが、門原は奏汰にというより、自分に向けてぶつぶつと呟いている。

「いや、俺だな？　俺が悪いんだな、俺のせいだ、うん」

「門原さん？」

「俺が言えない状況を作った。気づく余裕もなかった。で、未央たちがブチ切れておじさんがイビられた。なるほど」

何度か頷いてから、門原が頭を上げた。奏汰を見て、ぽんぽんと自分の隣を叩く。

奏汰は促されるまま、おとなしくソファに腰を下ろした。

「アリサのことでバタバタしてたから、奏汰は気を遣って、自分が大変な目に遭ってるのを俺には言えなかったんだな？」

「――はい」

もう全部伝えようと思っていたことだ。奏汰は正直に頷いた。

「俺よりアリサさんの方が大変そうなのに、俺のことでまで心配かけたり、手を煩わせるのが嫌で」

「うん。奏汰ならそうするだろうなってわかってたのに、奏汰が未央の店に飲みに行ったなんて話を聞いて、ちょっとでもおかしいぞと思わなかった……いや、思っても、気のせいかもって見過ごした俺がずいぶん悪い」

「違います、俺が」

「いや、俺が悪いんだ。全面的に俺が悪い、だって奏汰が悪いところは一個もない。——というのを認識している上で言うけど」

「……はい……」

「奏汰、それは、寂しいなあ」

「——」

奏汰は二の句が継げなくなった。

門原は店で想像していた通りの顔で笑っていた。

そもそも寂しい思いをさせたのは自分なんだから言えないよ、という顔で寂しそうに笑いながら、はっきり寂しいと口にした。

その瞬間、やはり悪いのは自分の方な気がして、奏汰は急激に悲しくなった。

「お……俺も……寂しくて……」

寂しいと自分も口にすると、その感情が一気に迫り上がってくる。止める間もなくぼろぼろと涙が零れた。

「そういうとこが門原さんだって思って、黙ってようと思ってたけど……でもやっぱり……寂しい……寂しい、馬鹿……！」

門原が腕を伸ばしてくるので、奏汰は遠慮なく相手の胸へとぶつかるように抱きついた。門原があやすように奏汰の背中へと手を回す。

「よしよし。奏汰もちょっとだけ悪かったな、俺を信用して話してくれなかった」

「ごめんなさいぃー……」

「いやおまえちょっと、というかだいぶ酔っ払ってるな？」

ぐすぐすと啜り上げる奏汰の顎を手で摑んで、門原が顔を上げさせる。

奏汰はそのまま門原の頬を両手で摑んで、またぶつかる勢いでキスをした。

寸前で門原が奏汰の動きをセーブして、歯だの鼻だのがぶつかる痛くて無様なキスになることは避けられた。

「ん……、……む……」

何だか滅茶苦茶に甘えたい気がして、奏汰はその感情のまま門原の唇を貪った。

「俺を置いて他の女の人のとこに行くなんてひどい、すごい寂しかった、一人で寝るのやだった！」

キスの間に門原を責める。責めたくないと思っていたのが嘘みたいに、どんどん言葉が零れる。門原が宥めるように奏汰の後ろ頭を撫でた。

「うん。そうだよな、ごめん」

「でもそういう門原さんが好きだから困る……！」

責め続ける奏汰に、門原が神妙な様子で頷いた。

「知ってる。おじさんもなかなか揺れ動いて苦悩してたんだ……」

「俺の彼氏をおじさんっていうな」

何か無性に腹立たしくて門原の背中をぽかぽか殴ったら、今度は困った顔で腕を押さえられた。

「おい酔っぱらいすぎだろ、どれだけ飲まされたんだ」

「門原さんがそうやって俺のこと子供扱いしてるのが悪いんだ、俺だってアリサさんのこと手助け出来たかもしれないのに、いっこも頼ろうともしてくれないし」

「――ああ。それは、考えたこともなかった」

「考えろ、置いてかれるくらいなら一緒に面倒な目に遭った方がマシだった」

「なるほど……そうか、そういう考えもあったか……」

門原は妙に感心したように頷いている。やはり自分に頼ることなど思いも付かなかったのだろう。

「でもそうしたら、奏汰だって、俺にストーカーのこと言わなきゃ駄目だったよな、やっぱり」

「……はいー……」

「よし、腹割って話そう。少なくとも、未央たちに話したことは全部教えなさい。そうしないと、嫉妬で頭が変になっちゃうから」

「嫉妬……」

まじまじと奏汰が相手の顔をみつめると、門原が苦笑いを浮かべた。

「しないと思ったか？」

「大人だからしないと思ってた……」

「嫉妬の塊ですよ、俺は。大体秋山のことでゴタゴタしてた時、奏汰が他の男にやられてもいいとか言い出した時から、もう変になってたんだし」

先刻の門原と同じように、奏汰も目から鱗が落ちたような、感心した気分になった。

「そうか……そうかー……」

「だからはい、全部話す」

促され、奏汰は門原に言われたとおり、店で未央たちに話したこと、先日下田に関して伝えたことだけではなく、今日話した門原についてどう思っているかということも、全部包み隠さず本人に教えた。

自分が恥ずかしいしみっともないと思う気持ちには変わりはなかったが、下田の「みっともないところ晒さなくて、本当の愛って言えるのか⁉」という言葉に後押しされた。まさかここで、下田が自分に勇気をくれるようになるなんて思ってもみなかった。

ためらいつつも正直に話す間に、門原が掌で奏汰の頭を撫で、指の背で頬を撫で、最後には力いっぱい抱き締めてきた。

「いっぱい飲み込ませてたな。もうこれからは、全部言います」

「言えて、よかった。もうこれからは、ごめんな」

痛いくらい抱き締められるのが心地よくて、奏汰はそう約束する。

口に出して言ってみれば、何もかも、気持ちのいいことばかりだった。

「そうだよな、奏汰はずっと、いろんなこと我慢してたんだもんな。俺も、聞けてよかった」

母親への気持ちを打ち明ける時は相当恥ずかしかったが、門原は笑いもせず真剣に聞いてくれて、わかるよというふうに頷いてくれた。

「奏汰にこれまで友達がいなかった理由、もうちょっとわかったかな。我慢するのが当然になってて、いまいち踏み込めなかったんだ、相手に」

「そうかも……考えたこともなかったけど」

「――未央だの乃亜だの友達ができて嬉しいかもしれないけど、つき合いはほどほどにして、二度と店では飲まないようにしろよ」

門原に言われて、そういえば店の代金を立て替えてもらったままだったと奏汰は思い出した。

「そうだ、すみません。お金払わないと」

「それはいいんだっての、あれは奏汰を泣かせた俺を、未央たちが制裁しただけだから」

「そう……なんですか？」

「そうなんです。まあ説教代が二万ぽっちなら安いもんだよ。それはそれとしてお姉さんたちは怖いだろう？　金勘定ありの付き合いは絶対やめなさい、あいつらは知り合いだろうと尻の毛までむしるぞ」

「はい」

奏汰は神妙に頷く。

「かといってプライベートで飲んでいいわけでもないぞ、あいつらに奏汰が酒に強くないのはバレただろうし、泥酔させてホテルに連れ込むなんてことがないとも限らん」

「門原さんが駄目って言ってもやりますかね？」

「やる。あいつらはやる、本気なら手を出さないだろうけど、軽い気持ちなら軽率にやるから怖い。――まあ本気でも、怖いけど」

ぶつぶつと呟くように言ってから、門原が一度奏汰の背から腕を放した。

「もし未央たちの耳にでも入って、おもしろおかしく引っかき回されたら嫌だから、その前に言うけど」

「はい」

「アリサのことで走り回ってる間に、アリサの雇い主になかなかしつこく口説かれてた」

奏汰はどう相槌を打っていいのかわからず、動きを止めた。

門原がモテるのはわかっていたが、口説かれた、と直接訊くと、心臓がキリキリする。

しかもその口振りから、相当「しつこく」言い寄られていたのだろうと察しがついてしまって、余計に。

「言っておくけど、最近走り回ってたのは本当にアリサの件についてだ。ただ、雇い主の咲妃がその合間合間に隙あらば二人きりになろうとするから、躱すのに苦労してた。ちょっと本気で叱ってみても、全然めげないし」

「……そうですか……」

「アリサの片がついたから今日でおしまいだといいんだけど、もし咲妃と奏汰が顔を合わせたりしたら、奏汰が嫌な目に遭うかもしれない。咲妃も気位が高いから嫌がらせなんかはしないだろうけど、正面切って俺を取り合うみたいな宣言をしたり……しそうで、どうにも……」

門原が本気で困ったふうだったので、奏汰は少し、落ち着いた。

これで平然とされたり、慣れたふうな雰囲気だったりしたら、またわけもわからず泣いてしまったかもしれないが。

「大丈夫です。何があっても門原さんは俺のものだって、言い返しますから」

「おお、頼もしいな」

「だって本当に、俺のだし……」

奏汰は門原に擦り寄って、またその唇を狙う。

力いっぱい抱きつき、キスをするうち、どんどん気持ちも体も盛り上がってくる。

我慢できず、奏汰は自分から門原を押し倒した。いっぱいに体重を掛けて門原を組み敷く。

あっさり組み敷かれた門原が、何だかおもしろそうに自分を見上げているのに気づいて、奏汰は少しムッとした。

いつも自分がそうされているみたいに、触っただけでめろめろになって甘い声や吐息を漏らさせてやりたい……と思って一生懸命触ってみるが、門原はくすぐったそうに笑みを浮かべているだけだ。

ますますムッとなって、奏汰は思い切って門原のスラックスに手をかけ、ボタンを外すと、下着ごと一気に下ろした。

「おい？」

門原がわずかだけ動揺した声を漏らすのを聞いたら、胸がすっとする。

といっても火が着いた欲はちっとも収まらなかったので、衝動に任せて、奏汰は剥き出しになった門原の性器に手を伸ばした。

今日も躱されるかもしれないと思ったが、門原はおとなしく奏汰にされるままになっている。

これ幸いと、奏汰は好奇心も抱きながら門原の茎をそっと握ってみた。

じっと観察すると、そこは少しだけ固くなっている。キスで少し興奮してくれたのだろうか。そうわかると嬉しい。——奏汰の方は、門原の比にならないほど昂ぶっているというのが、何だか悔しいが。

いつも自分に触れる時の門原の仕種を思い出しながら、奏汰はゆっくり門原の性器を下から擦った。こんなに真正面からまじまじ見るのは初めてだ。興奮と緊張で心臓が痛いほど鳴る。

自分の手の中で少しずつ固さを増すのがわかると、それだけで勝手に呼吸が乱れ、心臓が口から飛び出てしまうんじゃないかと怖くなった。

そうならないためにも、奏汰は門原の茎を両手で支えたまま、その先端に唇を近づけた。震えそうなのを堪えつつ唇をつける。

唇にキスする時のように何度も触れてから、奏汰はこわごわと舌を出した。今度はその先で門原に触れる。

「……く……」

声が漏れたのを聞いて、ちらりと門原の方を見ると、別に気持ちよかったからではなく、笑いを堪えるような表情になっている。悔しい。

(そんな面白そうに、じっと見なくても)

奏汰は門原にこうされると、いつも恥ずかしくて気持ちよくて狼狽するから、門原のそんな姿も見てみたいと思っていたのに。

悔しいので、今度は唇を開き、先端を口に含んだ。

唇を大きく開かなくては受け入れられず、ほんの少し咥えただけなのにそれで一杯だ。

「んん……」

自分の方が苦しい息を零しながら、奏汰は一生懸命、両手で門原の根元を擦った。

恥ずかしがれ、気持ちよくなれ、と念じながらどうにか舌を動かし、茎を擦っても、門原は笑いを含んだ眼差しを奏汰の方に向けるばかりだ。

「……」

じっと見られるうち、奏汰の方がよほど恥ずかしくなってきた。

(門原さんの……を、咥えてるのを、見られてる……)

改めてそう認識したら、体中から火を噴きそうな羞恥を覚える。

「――やめちゃうのか?」

耐えきれずに門原から離れようとした時、大袈裟なくらい残念そうな声で問われる。

意地悪め、と思いながら、奏汰はぎゅっと眉を寄せて、もう少し門原を口中の深くまで飲み込んだ。

しかし唇も、舌も、うまく動かすことができない。

半泣きになってきた時、するりと背筋を撫でられ、奏汰は門原を口に含んだまま呻き声を上げた。門原は上体を起こし、奏汰のズボンを脱がしにかかっている。奏汰は動揺を見せまいと、口での愛撫に夢中になっているふりをする。

門原はゆるめのチノパンを簡単に腰の下まで下ろさせ、剝き出しになった奏汰の尻に触れてくる。その指が濡れていることに、奏汰は結局動揺した。

（いつの間に）

ちらりと視線を遣ると、ソファの片隅にいつも使っているローションのボトルが転がっている。いつ事に及んでも大丈夫なように、リビングにも寝室にもこういうものがひっそり置いてあるのだから、使われていても不思議はないのだが。

「んっ」

濡れた門原の指はいやらしく奏汰の尻を撫で回したあと、その狭間の窄（すぼ）まりに辿り着いた。そのまま、ためらいもなく指が中に潜り込んでくる。

しばらく人差し指が入口の辺りを彷徨（さまよ）っていたが、あまり時間も掛けず、もう一本増やされた。

「む……、……ぅ……」

奏汰の腰が勝手に強張（こわば）る。もう門原のものを咥えたまま、少しも動かすことができなかった。間違っても歯を立てたりはしないようにだけ意識を割（さ）こうとした。

だが中をぐるりと指で撫でられたあと、弱いところを擦られると、たまらず門原を唇の中から抜き出してしまう。

「ぁ……、や……ッ」

「もう終わりか？」

また大仰に残念そうな声に問われ、奏汰は涙目で門原を見た。

「むり……」

「うん。俺も無理かもと思ったから、ごめんね」

自分には上手な愛撫などできないと思われたのか。ならちょっと悔しいなと奏汰は思ったが、門原はもう少しローションを足して、いつもより性急に奏汰の中を濡らし、解すような仕種になっている。

「今日はあんまり我慢が利かなそうで、無理」

「え――」

「でもゆっくり挿れるから」

ずるりと、門原の指が中から出ていく感じに、奏汰は身震いした。震える腰を門原に摑まれ、向かい合って、その両脚を跨ぐような恰好にさせられる。ズボンも下着もまだ腿にかかったままで、不安定な体勢になってしまう。

見下ろすと、固くなって上を向いた門原の性器が奏汰の下にある。その状態に、何だか奏汰は無性にどきどきした。

門原は奏汰の服を脱がせる時間も、自分が脱ぐ手間も惜しむように、再び奏汰の腰を摑んだ。

門原に導かれるまま、奏汰は相手の上に腰を落とす。

宣言どおり、門原が奏汰の腰を引き寄せる動きはゆっくりだ。

ゆっくり、ゆっくりと、門原のものを奏汰の体が飲み込んでいく。

「……っ、……あぁ……」

いつの間にか奏汰は汗まみれだった。それよりももっと濡れた場所が、門原の熱でぐっと押し広げられる。

（苦しい……）

一番張り出した部分を受け入れるまで、いつも少し苦しい。

だが深く飲み込んでしまえば、物足りなくて、もっと深く繋がりたいと願うくらい、貪(むさぼ)りたくなる。

最後まで腰を落としきったところで、息を吐く暇もなく、下から体を揺すられた。もっと、と思っていたのに、その刺激で奏汰は苦しげな声を漏らした。

苦しいばかりではないのは、甘さの滲(にじ)んだ響きで、門原にも丸わかりだっただろう。

自分だって上手に動いて門原をよくしてあげたいのに、全然思うようにならない。奏汰はただ門原に身を揺すられ、縋(すが)るように相手の首に腕を回す。無意識にその唇に唇を寄せていた。

舌を差し出すと、すぐに飲み込まれる。吸い上げられ、うまく息ができずにますます苦しい。

苦しいのに、まだ触れられていない性器は固く張り詰めて、先端から止めどなく透明な体液を漏らしている。

「んっ、ん」

門原の動きが強くなって、奏汰はキスを続けられなくなった。

下から小刻(こきざ)みに突き上げられてまた苦しげな、甘い声が漏れる。

「だめ、もう……」

あまりに早くてみっともない。そう思ったが堪えようもなく、門原を体の中に受け入れたまま、奏汰は達してしまった。びくびくと身を震わせながら射精する。

「……は……」

達したのに、足りない。でもすぐに動くのは辛い。

震え続けながら門原に縋るしかできない奏汰の体が、少し浮いた。

「あっ」

瞬(まばた)きをする間に、今度は奏汰がソファの上に組み伏せられていた。門原と繋がったまま、少し乱暴な仕種でズボンと下着を取り払われる。

門原が自分を見下ろす眼差しと表情にくらくらした。かっこいいしいやらしい。これじゃモテるのなんて当然だ。

(でも、俺の門原さんだし……他の人に必要でも、一番は、俺で)

他の人のところに行かれたら寂しい。

でも今こうしていられるのが、たまらなく嬉しい。

「可愛いな、奏汰」

愛しくてたまらない、という声音で囁かれ、接吻けられる。奏汰がうっとりと目を瞑った時、門原が少し腰を引いてから、ぐっと力強く、再び中に入り込んできた。

「……ッ……」

足を抱え込まれ、いつもより強い動きで何度も腰を押しつけられる。奏汰はソファからずり落ちないように背もたれに片腕で縋った。

「あっ、ん……ッ、……ぁ……あ……！」

門原も夢中になっている。一層熱っぽい目で見下ろされて、奏汰は我を忘れた。

「好き……門原さん、大好き……っ」

自分の中で門原が果てるまで、奏汰は夢見心地でそう繰り返していた。

「持ちものには、名前を書かないといけないなと思ったんですよね」
ソファで奏汰が二度、門原が一度達してから、腰の立たなくなった奏汰を抱えて風呂場に向かい、浴槽でもさんざんいちゃついて、ベッドに移動した後もまだ収まらず、お互いもう一度

果てるまで、思う存分貪り合ったあと。

奏汰が先に、半ば気を失うように眠ってしまい、門原もせっかく風呂に入ったのにぐちゃぐちゃになった奏汰や自分の身を清め、シーツも交換してから、ひさびさにぐっすり眠った。

朝になった時には先に奏汰が目を覚ましていて、そして「朝食支度しましたよ」と門原に告げてから、真顔でそんなことを続けた。

「何の話だ？」

「門原さんの話です」

極めて真面目な顔で言う奏汰を、まだ少々寝惚けた頭で見返しつつ、門原はベッドの上に身を起こした。

「はい」

「はい？」

奏汰から差し出されたものを受け取ってから、門原はそれを二度見した。

渡されたのは門原の下着で、ボクサーパンツに、マジックででかでかと『秋山奏汰』と書いてある。

「……俺の下着だよな、これ？」

「なっ、中身は、俺のものなので」

どうやらさらりと言い放とうとしたようだが、見事に失敗して、奏汰は耳まで赤くなっている。

「咲妃さんっていう人とか、あと他の人に、万が一襲われたら、それを見せてください」

「……っ」

門原はまだ素っ裸のまま、自分の――奏汰の持ちものをしまう下着を握り締め、ベッドに突っ伏して笑い転げた。

「奏汰――愛してる」

精一杯の気持ちを伝えたのに、奏汰はからかわれたと思ったようで、拗ねた顔で寝室を出て行ってしまった。

門原は急いで下着を身につけ、それを追いかけた。


――後日、まだ諦めのつかないらしい咲妃にこっそりとその下着を着けているところを見せたら、目一杯頬を殴られて「バカップルは死ね！」と叫ばれて以来、二度と声を掛けられなくなった。

のちほど戦果を報告したら、奏汰は下着を手渡してきた時以上に真っ赤になって、「それはよかったです！」と声を張り上げて逃げ出すのが面白くて、可愛くて、門原は「やっぱりこれを野放しにしてはいけないな」と、一生添い遂げる決意を新たにしたのだった。

あとがき

AFTERWORD……………………

―渡海奈穂―


雑誌掲載に書き下ろしを加えて一冊にしていただきました。

その雑誌掲載時のコメントにも書いた気がするんですが、門原は酸いも甘いも嚙み分けた夜の世界の住人みたいな設定のつもりだったんですが、書いてみたら税理士になりました。

ちょうど雑誌の原稿を書いている時に自分の確定申告の準備をしなければいけなかったのが原因だと思います。書き下ろしの執筆時も確定申告の時期だったので、税理士さんの存在をとてもありがたく感じていました。税理士さん頼りになる。


そしてこれもたしかコメントに書きましたが、お話を思いついた時は「どえらいシリアスになるぞ、切ないラブストーリーだ…」という認識だったはずなんですが、一体どこがどういうふうに切なくなる予定だったのか、今となっては欠片も思い出せません。問題が解決したら恵次の家を出て別れ別れにならなきゃいけないあたりか?

奏汰が前向きすぎて切なくなりませんでしたが、奏汰と門原のやり取りは書いていてすごく楽しかったです。

二人ともお互いを「ちょっと変わった人だなあ」と思っている気がする。

イラストは雑誌掲載時に引き続き、山田ノノさんに描いていただきました。奏汰と門原のふたりともがかっこよく、可愛げがあって、色っぽくて、理想の上を行くものでした。ありがとうございます！

毎度ながらとても楽しく書いたお話ですが、私以外にも楽しいのか常に不安なので、よかったらひとことなりともご感想などいただけますとさいわいです。

ではではまた、どこか別の場所でもお会いできますように。

渡海　奈穂

この本を読んでのご意見、ご感想などをお寄せください。
渡海奈穂先生・山田ノノノ先生へのはげましのおたよりもお待ちしております。

〒113-0024　東京都文京区西片2-19-18　新書館
[編集部へのご意見・ご感想] ディアプラス編集部「抱いてくれてもいいのに」係
[先生方へのおたより] ディアプラス編集部気付 ○○先生

- 初出 -
抱いてくれてもいいのに：小説DEAR+20年ハル号（Vol.77）
夜は一緒に：書き下ろし

[だいてくれてもいいのに]
抱いてくれてもいいのに

著者：**渡海奈穂** わたるみ・なほ

初版発行：2021年5月25日

発行所：株式会社 新書館
[編集] 〒113-0024
東京都文京区西片2-19-18　電話（03）3811-2631
[営業] 〒174-0043
東京都板橋区坂下1-22-14　電話（03）5970-3840
[URL] https://www.shinshokan.co.jp/

印刷・製本：株式会社 光邦

ISBN978-4-403-52531-5